風よ僕らの前髪を

弥生小夜子

JN091229

弁護士の立原恭吾が何者かに殺害された。犯人は未だ不明の中、妻の高子は密かに養子の志史を疑い、甥の若林悠紀に彼の身辺調査を依頼する。元探偵事務所員だったとはいえ、悠紀にとっては志史は従弟というだけでなく、家庭教師として教えた子供の一人でもあった。渋々調査する悠紀だったが、志史には伯父の死亡時刻に鉄壁のアリバイがあることがわかる。誰にも心を許そうとしなかった志史の過去を調べるうちに、悠紀は愛憎渦巻く異様な人間関係の深淵を覗き見ることになる。第三十回鮎川哲也賞優秀賞受賞作。

登場人物

立原恭吾……殺人事件の被害者。立原法律事務所元経営者弁護士
立原高子……恭吾の妻
立原志史……立原夫妻の養子。映陵大学四年生
三田美奈子……立原夫妻の娘。志史の実の母
三田忠彦……美奈子の夫
斉木明……志史の実の父
島田夕華……喫茶店青麦のウェイトレス
小暮理都……志史の中等科時代の同級生
小暮静人……理都の養父
小暮万里子……静人の妻。理都の実の母
小暮洋一……静人の父。元音楽教師
小暮直人……静人の双子の弟。幼少期に死亡
花村真澄……小暮家の元家政婦
戸田みよ子……小暮家の元子守。故人

斉藤莉子……乾総合病院の看護師
小塚海斗……志史の中等科時代の同級生
田村奈緒……志史の中等科時代の同級生
多田愛梨……志史の中等科時代の同級生
杉尾蓮……志史の中等科時代の同級生
寺井怜奈……盲目の少女
吉村慶子……志史の元ピアノ教師

若林悠紀……松枝探偵事務所元所員。立原高子の甥
松枝透子……松枝探偵事務所所長。悠紀の大学時代の先輩
竹内……刑事

風よ僕らの前髪を

弥生小夜子

創元推理文庫

THE WIND BLOWING THROUGH OUR SORROW

by

Sayoko Yayoi

2021

目次

風よ僕らの前髪を

第一章　残　像

1

　去年は独楽《こま》や羽子板《はごいた》をあしらった辛子《からし》色の附下《つけさげ》に紗綾形《さやがた》文様の名古屋《なごや》帯を合わせていた。一昨年《おととし》の衣装は確か雪輪の帯、銀鼠《ぎんねず》色と藤色が融《と》け合う裾に大輪のクロッカスが咲いていた。目白《めじろ》のホテルでの恒例の新年の歌会といえばいつもそんなふうに、伯母の立原高子《たちはらたかこ》は上品さをそこなわぬ中にも少し大胆で、初春らしい華やぎを持った装いを凝《こ》らす。

　しかし今年は飾り気のない黒のワンピースだ。結婚指輪以外のアクセサリーはつけず、襟ぐりから覗く細い首に菫《すみれ》色のスカーフを巻いている。

「悠紀《ゆうき》さん、お時間あるかしら？」

　歌会の終了後、遠慮がちに声をかけられ、若林《わかばやし》悠紀は親睦会には流れずに高子と目白駅近くの割烹《かっぽう》に入った。

　午後五時を回ったところでまだ空腹ではなかったが、高子は二人だけで話したいと言い、個室があるところをほかに思いつかないからと言い訳した。

床《とこ》の間《ま》のある和室に案内されると、高子は悠紀を上座へ促した。悠紀は恐縮しつつ、七福神の掛け軸と南天が飾られた床の間を背に正座した。

「おめでたい初歌会なんかに顔を出して、皆さん内心あきれてらしたと思うけれど、どうしてもあなたに会いたかったの。お願いしたいことがあって──恭吾《きょうご》さんのことで」

食前酒の金杯をきゅっと飲み干して高子はそんなふうに切り出した。

悠紀が高子の影響で短歌をはじめたのは中学生の頃だ。高校生になって、勧められるまま高子の所属する結社に入った。それから熱心とはいえないものの、何となく今まで続けてきた。

押しの強い母に萎縮してきた悠紀にとって、雛《ひな》人形のようにたおやかな高子は理想の女性に見えた。薄化粧に桜色の頬紅を刷《は》くと、きめ細かな色白の肌がきわだち、栗色に染めた髪が自然に映えた。

あとから母より一回り以上も上だと知って驚いたものだが、六十七歳になるというのに、高子にはいまだにどこか少女めいた雰囲気がある。

高子は江戸中期創業の和菓子屋の三姉妹の長女として生まれた。婿をとって店を継いだのは次女の篤子《あつこ》である。愛嬌あふれる笑顔と手堅い経営とで暖簾《のれん》を守ってきた篤子は、今も毎日日本橋室町《にほんばしむろまち》にある本店で接客にいそしんでいる。

ふくよかな篤子とは対照的に、高子は華奢《きゃしゃ》で肉づきも薄い。声もか細くて、おっとりした性格はいかにも古風な箱入り娘だ。長女である高子が他家に嫁いだのは夫となった立原恭吾が高子を見初《みそ》めて熱心に求めたためだが、商売には断然《だんぜん》篤子が向いていると先代が見極めたからでもあったのだろう。

姉妹の三女、陽子《ようこ》が悠紀の母である。腰を低くするのは大きらいだし、間違っても愛想笑いなどできない性格で、老舗《しにせ》の跡取りに向いていないことは高子以上だろう。

もっともそういう気性だからこそ若林の家で——上場企業の三代目社長の後妻に入り、いきなり三人の女の子の母親になって——やってこられたのだ。

舅姑《きゅうこ》に言いたいことを言い、こうるさい親族連中とも対等に渡り合ってきた母の地位は長男の悠紀を産んで盤石《ばんじゃく》のものになった。父も異母姉たちも唯一の男の子である悠紀に甘かった。

悠紀は少しの息苦しさを覚えながらも、真綿のような環境で、大きな挫折も、少年らしいありふれた悩み以上の悩みも知らずに育った。

大学入学を機に、悠紀は横浜《よこはま》の家を出て、駒込《こまごめ》駅近くのマンションで一人暮らしをはじめた。大学では手話サークルに入った。ちょうどその頃、二番目の姉の子が重度の難聴であることが判明したからだ。

六義園《りくぎえん》を見下ろせる1LDKのマンションは、桜の時季に自分を泊めることを条件に母が購入してくれたものだった。母と伯母たちは三姉妹で誘い合って満開の枝垂《しだ》れ桜を観るのを毎年の行事にしている。

今春は喪中の高子に配慮して中止だろうか。それでも母だけは来るかもしれないと思いながら、悠紀は金杯にのばしかけた手を膝に戻して問い返した。

「伯父さんの事件のことで、ですか？」

高子の夫、立原恭吾が愛犬の散歩中に何者かによって絞殺されたのは二か月前、昨年の十一月十日のことだ。

犬はウェルシュ・コーギーのメスで、ジョルジュという。ジュルジュ・サンドからつけたそうだ。恭吾が立原法律事務所を娘婿に譲って現役を退《しりぞ》いた三年前から飼いはじめ、以来、朝夕の散歩は恭吾にとって欠かせない運動になっていた。

朝の散歩は朝食前、いつもなら六時ぴったりに家を出る。しかしその日は一時間早く、五時に玄関を出た。十数年ぶりの同窓会があり、有馬《ありま》温泉で一泊のその集まりに参加するのに八時に出発する予定だったからだ。いつも通りの時刻に散歩してもまにあうが、恭吾はあわただしさをよしとしなかった。

恭吾の遺体が発見されたのは午前六時二十分。場所は散歩コースである公園のベンチであった。

発見者は町内に住む四十代の男性で、毎朝その公園でウォーキングをしており、犬を連れた恭吾とはよくすれ違い、たがいに会釈くらいはしたという。

ベンチに腰掛けて深くうなだれているのを不審に思った男性が声をかけながら肩に手をのばすと、指先が触れた途端に上半身が大きく真横に傾き、首にマフラーのようなもので絞められた痕《あと》があったと証言していた。犬の散歩時に大金を持ち歩く人はいまいし、上着のポケットの小銭入れも家の鍵もそのままだった。物取りの可能性は低いそうだ。

二か月たった今も犯人は逮捕されていない。尚、ジョルジュは同公園内で歩いていたのを無事保護されている。

「ジョルジュは吠えなかったんですか？」

「そういう証言はなかったの。もともと大人しい子だから……。うちにいらっしゃるお客様にも、宅配便の方なんかにも、誰にも吠えたことはないのよ」

「発見者の男性は本当に無関係なんですか？」

「恭吾さんの遺体が見つかった時、死後一時間は経過していたの。その方には動機もないし、警察の方がアリバイを確認して」

「公園の防犯カメラには何か映っていなかったんですか？」

「ベンチは死角になっていたの。カメラの撮影範囲が公園中を網羅しているわけじゃないし、役に立つ映像はなかったそうよ」

「訊きにくいことですが、犯人に心当たりは？」

高子は睫毛《まつげ》を伏せて首を振った。桜色を刷いた頬に翳《かげ》が浮かび、富士額の生え際にちらほら白いものが見える。これまでこんなことはなかった。

「あの人、いつだって依頼人によりそってきたわ」

恭吾は堅実な経営者であり、有能な弁護士だった。民事事件を主に扱う立原法律事務所はそれほど大きくはなかったが、常に数人の弁護士が在籍し、繁盛していた。

「それは分かりますが、逆恨みってこともありますし」

「恨みなら計画的ってことになるでしょう？　恭吾さんはいつもなら一時間遅くお散歩に出るのよ。あの時間に行ったのは、あの日だけ」

「つまり、犯人は同窓会があるのを知っていた？」

「だからって一時間も早くお散歩するなんて思うかしら」

「家の事情に詳しい人物？　それか、伯父さんの性格をよく分かっている人物とか？」

「……そういうことになるわよね」

「家を見張ってチャンスをうかがっていたのかもしれませんが……」

「そうね。警察の方にも訊かれたわ。家のまわりで不審な人物を見かけたことはありませんかって」

その時仲居が次の料理を運んできた。椀物《わんもの》は円い小さな紅白餅の雑煮だった。甘い、ねっとりした白味噌仕立てで、蓋を開けると湯気とともに柚子《ゆず》の香が立ち上った。

「ごめんなさいね。こんなお話、あとにしましょう」

それからしばらくは身内の近況やさっきの歌会の話、選者の先生の嗜好などあたりさわりのない会話に終始した。

絹さやの緑があざやかな蟹《かに》ご飯と、あられのように細かく切った豆腐を浮かべた赤出汁《だし》の止め椀が運ばれ、退いた仲居が襖《ふすま》を閉めると箸もとらずに悠紀は尋ねた。

「それで、僕に頼みたいことって？」

「まあ、悠紀さん、もう少しでお食事が終わるのに」

高子はかすかに眉をひそめるようにして苦笑した。椀を一口、ご飯を一口、母と同じ家庭で育ったとは思えないゆったりした動作で箸を動かしながら、

「ねえ、こういう時、一番に疑われるのは誰だと思って？」

「――第一発見者ですか」

「違うわ。私たち……身内よ。特に同居のね。つまり私と志史《しふみ》……」

志史は恭吾と高子の養子だが、実際は孫にあたる。夫妻の一人娘である美奈子《みなこ》の実子なのだ。

恭吾は事務所の有望株の青年を美奈子の婿にと考えていたが、当時大学生だった美奈子は猛反発した。十一歳も年が離れていたし、美奈子には将来を誓った恋人がいたのだ。

美奈子の友人の兄の友人である斉木明《さいきあきら》は小劇場で活動する劇団員だった。華のある容姿でファンもついていたし、主役を張ることもある。しかしとうてい食べてはいけずに夜の街で

ホストとして働いていたが、収入のほとんどは身を飾るためと、劇団の活動費に消えていた。恭吾がそんな男を婿として認めるはずもなく、美奈子は家を飛び出して駆け落ち同然に結婚した。

そうして生まれたのが志史だった。

それからまもなく斉木の所属する劇団は解散した。ホストで鳴らすにはいささかばかり薹《とう》が立った斉木は、育児をしながら派遣社員として働く美奈子のヒモ同然だったようだ。斉木は酒に溺れ、酔うと暴力をふるった。しかもそれは美奈子にではなく、幼い志史に向けられたのだ。志史の尻にはいくつもの煙草の痕があるとも聞いている。

結婚生活は六年に満たなかった。美奈子は五歳の志史を連れて逃げるように立原家に帰った。恭吾に対して意地を張る気力もないほど疲れきっていたのだ。

半年後、美奈子は恭吾の事務所の有望株――三田忠彦《みたただひこ》と再婚する。忠彦は穏やかで誠実な人柄で、恭吾の信頼を受けて長年立原家に出入りし、少女の頃から美奈子を知っていた。忠彦の性格であれば、血のつながらない志史に対しても養親としての義務以上にこまやかな愛情をそそいだはずだ。

志史を愛せなかったのは美奈子の方だったかもしれない、と悠紀は思う。

志史が中学校に入学してすぐに美奈子の妊娠が判明した。

美奈子と忠彦、恭吾と高子の間でどのような話し合いがなされたのか悠紀は知らない。分かっているのはその年の夏から志史が祖父母の養子になり、立原家で暮らしはじめたという事実だ。

美奈子は三田家の「長男」となる洸太郎《こうたろう》を産み、二年後には美月《みづき》という女の子を産んだ。志史の気持ちは――悠紀には推し量ることはできない。

悠紀が志史と近しく接したといえるのは、大学一年の夏から三年の終わりまでの約三年間だ。当時志史は令学館《れいがくかん》中等科に通っていた。令学館は伝統ある学校で、悠紀の母の陽子の出身校でもあったが、恭吾の眼鏡にはかなわなかった。

一方、千駄木《せんだぎ》の立原家から徒歩で二十分ほどのところにある青成《せいせい》学園は、最難関国立大学の合格率で毎年全国トップを争う中高一貫校である。編入生を認めていないため、中学で入りそこねたら高校での「若干名」の募集に合格するしかない。

恭吾は志史を青成学園高校に入れると早々に決め、そのための家庭教師として、現役の国立大学生で同じ文京《ぶんきょう》区内に住む悠紀に白羽の矢を立てた。悠紀としても割のいいアルバイトで、断る理由はなく、英語と数学を教えるために週四日立原家に通った。

その時の志史の印象は非常に頭がよく、ひどく大人びた少年というものだ。口数は少なく、決して感情を見せない。

あまりに超然としているため、実体ではなく虚像を相手にしているように感じることさえあった。志史のくっきりと切れ上がった瞳は、清すぎて生物の棲《す》めない水のように澄んでいた。

——こんな子だっただろうか？

悠紀は小さな違和感を覚えたものだ。

美奈子が斉木と離婚してから、年に何度か志史と接する機会があった。それに、母の陽子は高子と仲がよく、母を通じても志史の情報は入ってきた。陽子は不幸な幼少期を背負う志史を気にかけていたのだ。

まだ美奈子に妊娠の兆候が現れず、三田家で暮らしていた頃——学区内の区立小学校に通っていた頃の志史は、斉木から受けた虐待が影を落としていたとはいえ、活発で、何でもできて、大人に対してはやや反抗的な、やんちゃと優等生の中間のような子供だと聞いていた。

そして、何よりピアノが好きな子だと。

悠紀は一度だけ陽子のお供で志史のピアノの発表会に行ったことがある。志史は小学校四年生だったが、トリの一つ前を務めた。曲目はベートーヴェンの『悲愴』第三楽章。

志史の指が鍵盤に下り、最初の一音が響いた——その瞬間、本当に鳥肌が立った。のびやかで、しかも玲瓏《れいろう》と美しいその音は、ほかの子供と同じピアノの音だとは信じられないほどだった。

あの頃の志史は呼吸をするようにピアノを弾き、ピアニストを夢見ていたはずだった。

だが、そのピアノも休止しているという——。

志史が無事青成学園に合格してからは、正月に母の実家に親族が集まる時や、法事の席などで一年に一度会うか会わないかだった。志史はあいかわらずで、とても礼儀正しいのだが、その礼儀正しさは周囲を拒む壁でしかないかのように思われた。

現在、志史は映陵《えいりょう》大学法学部の四年生だ。第一志望の国立大学には落ちたが、センター試験の成績は抜群だったと聞いている。二次試験で失敗したのは——志史の志望していた大学では後期日程を廃止したため、一回勝負だった——よほど体調を崩していたか、何か事情があったのだろう。

それほど志史は優秀だ。事実、三年生で予備試験をパスして昨年司法試験に合格した。

「私ではないのよ」

ふいに高子が言った。

「私、恭吾さんを殺してはいないわ」

高子は真顔だった。

「私は恭吾さんを玄関で送ってもう一度横になっていたの。証明する人はいないけれど」

「志史は?」

「残念だけど志史は家にいなかったの。前の日に、遅くなるから夕飯はいらない、もしかしたら今日は帰らないかもしれないと言って午後から出かけて……。もちろん家にいたとしたって寝ている時間だし、身内の証言に有効性はないわ。残念て言ったのは私のアリバイを証明してほしいからじゃなくて、志史が確かに犯行時刻、犯行現場にいなかったことを私が確信できないからよ」

高子はいつのまにか米一粒、香《こう》の物一切れも残さずに食べ終えて箸を置き、両手を膝の上にそろえてまばたきもせずに悠紀に瞳を据えた。

「志史を疑っているの、私」

悠紀は瓜《うり》の浅漬けを音を立てて嚙んだ。

――十一月十日の朝、高子が六時過ぎにふたたび目を覚ました時、恭吾とジョルジュはまだ戻っていなかった。

家の中を探し、庭に出たが、やはり姿はない。

身支度を整えて、不安な気持ちで近所を見に行った。

高子は一度もジョルジュの散歩をしたことはなく、散歩コースは知らなかったが、町内に広めの公園がある。あそこはきっと通るだろうと考えた。

公園の周辺に何台もの警察車両が停まっていた。胸騒ぎがした。七十代と思われる男性が事件に巻きこまれたと聞き、「主人かもしれません」と申し出て遺体と対面した。それが七時頃だろうか。

高子はショックで貧血を起こし、恭吾が運ばれた病院でしばらく横になっていた。それからやっと思い至って、志史と美奈子に連絡を入れたのが九時前後だ。

今どこにいるのかと志史に問うと、品川《しながわ》駅に程近いシティ・ホテルの名前を答えた。

「何か用ですか？」

冷ややかな声にひるみながら懸命に事情を説明した。無言で聞いていた志史は最後にどこの病院かとだけ尋ねて電話を切った。練馬《ねりま》区の石神井《しゃくじい》に住む美奈子と忠彦が血相を変えて駆けつける方が早く、志史が来た時は十一時近かった――。

抹茶と花びら餅が運ばれ、高子はいったん言葉を切った。

「――志史は女の子と一緒だったの。私からの電話で起きたというの。警察の捜査で、志史が九日の夜十時にチェックインしたこと、次の日の朝十時にチェックアウトしたことは確かよ。女の子も志史はずっと部屋にいたと証言しているそうよ」

「その女の子っていうのは？」

「島田夕華《しまだゆか》さんていって、映陵大学近くの青麦《あおむぎ》って喫茶店でウェイトレスをしているお嬢さんなの」

映陵大学の最寄り駅は、確か山手《やまのて》線で品川の一つか二つ隣の駅だ。

「証言者がいるなら――」

「志史をかばって嘘をついているのかもしれないでしょ？　志史が睡眠薬を飲ませたのかもしれないいわ。志史は高校卒業の頃、不眠になって精神科で睡眠導入剤を処方してもらっていたことがあるのよ」

「警察は何て?」

「お葬式にもいらしたけど、竹内《たけうち》さんて刑事さんによると、もしも志史が犯行時刻前後にルームサービスを頼んだり、フロントに姿を見せていたりしたら、逆に志史の関与を疑ったのですって。でもそういうことはなく、ただ寝ていたというのは無防備で、かえって信憑性《しんぴょうせい》があるとおっしゃるの」

「僕もそう思いますよ」

「警察がタクシー会社に問い合わせても、そういう若い男の子を乗せたという話は出てこなかった。ホテルのエレベーター、ロビー、非常口、地下駐車場のセキュリティ・カメラを見ても滞在した十二時間の間に志史は映ってないそうよ」

「それならアリバイは完璧じゃないですか?」

「本当にそう思って? 私はよく分からないのだけれど、ホテルのカメラって絶対に死角がないのかしら? 死角を縫って電車を使えば……? 調べたのよ。四時三十三分品川駅発が山手線内回りの始発。これに乗れば西日暮里《にしにっぽり》に五十九分に着く。一分違いで京浜東北線も走ってる。そこから恭吾さんが殺された千駄木の公園まで、あの子の足なら二十分、走って十五分。死亡推定時刻の五時半にはまにあうわ。帰りはうまく人波にまぎれたり、偶然が味方すれば不可能とは言えないんじゃないかしら」

高子の論理は悠紀には強引に思われた。まるで志史を犯人にしたいかのようだ。

「どうしてそんなに志史を疑うんです？」

高子は少女のように潤《うる》んだ瞳で悠紀を見つめて、か細い息を吐いた。

「志史の生い立ちは知ってるでしょう？　ああいう男の血だから踏み外したらたいへんなことになるって、恭吾さんは引き取った時から志史に厳しかった」

「だからって……」

「本当に、可哀想になるくらい厳しかったわ。学校のことだって、志史はもしかしたら高校も令学館に通いたかったかもしれないのに、志史の希望は訊こうともしなかった。志史が憎かったわけじゃないのよ。ただ恭吾さんはそれが志史のためだと思ったの」

そうだったのだろうか。志史は青成学園には行きたくなかったのだろうか。三年近く家庭教師をしていて、悠紀はそれを志史に尋ねてみたこともなかった。

「勉強の妨《さまた》げになるって、ピアノも強引にやめさせて。どうか続けさせて下さいって、志史、恭吾さんの前で手をついて——あんな志史を見たのはあの時だけだわ。恭吾さんは青成学園高校に合格したらピアノを弾くのを許可するって」

「志史は伯父さんを恨んでいたんですか？」

「恨んでいたし、憎んでいたでしょうね。恭吾さんだけじゃなく私のことも」

悠紀は高子がそこまでの負い目を志史に感じていたことに驚いていた。

そんなふうに思うくらいなら、なぜ少しでも志史によりそってやらなかったのだろう。可哀想だったと言いながら、おそらく高子は恭吾に対して志史をかばったことはない。いや、責めてもしかたがないのだ。夫に逆らうなど、高子には想像することもできないに違いない。古風だとか時代錯誤だとかいう以前に、そういう気質なのだ。悠紀もかつてはそんな高子を控えめでしとやかな女性だと思い――それは一面の事実ではあるのだ――淡い憧れめいた気持ちを抱いたこともあった。

「もしそうだとしても、殺すなんて」

「ええ、私だってそこまでとは思ってなかった。でも、恭吾さんが殺されて……私ね、真っ先に志史を疑ったの」

高子は言葉とは裏腹なたおやかなしぐさで萩焼《はぎ》の抹茶碗に手をのばした。三度に分けて飲み終えると懐紙《かいし》で唇をそっと押さえ、

「悠紀さん、事件について調べて下さらない？」

「え？」

唐突な依頼に、悠紀は手にした茶碗の中身をこぼしそうになった。

「恭吾さんを殺した犯人が志史ではあり得ないという証明をしていただきたいの」

「どうして僕に？」

「悠紀さん、探偵をなさってるんでしょう？」

悠紀は苦笑した。

「母ですね。伯母さんにそんなでたらめを言ったのは」

「でたらめなの？」

「でたらめというか、先輩の探偵事務所でアルバイトをしてたってだけで」

卒業を前にして大けがを負った悠紀は数か月の入院生活を余儀なくされ、内定をもらっていた企業への就職をふいにした。正確に言えば、悠紀から辞退したのだ。

その時ふとしたゆきがかりで、手話サークルの先輩である松枝透子《まつがえとうこ》に誘われ、彼女自らが所長を務める探偵事務所の調査員として働くことになった。

探偵事務所といっても所員は悠紀一人で、依頼が二つ三つ重なれば目が回るほど忙しかった。かと思えば何日も依頼がないこともざらにあって、収入の見込めない月は塾やスナックの短期アルバイトでしのいだ。

「先輩と僕だけの小さな事務所で、やることは浮気調査とか身上調査とか。——猫やインコを探すとか」

それに「している」ではなく「していた」が正しい。透子の事務所は年末でやめた。四月から父の会社に入るのだ。

父の会社は横浜だから、こっちのマンションは引き払わなければならない。今は引っ越し準備と並行して横浜で手ごろな賃貸マンションを探している。

「じゃあ、これもアルバイトとして引き受けて下さらない？」

「ただの素人《しろうと》だってことを承知してもらった上でなら、僕なりに伯父さんの事件を調べてみます」

悠紀はゆっくりと抹茶を啜《すす》った。幸い入社までにはまだ時間がある。

「ありがとう。とりあえずこれを――」

高子が和紙の封筒を出したのを押し返し、

「伯母さんからお金なんかとれないですよ」

「それじゃ私が心苦しいの」

しばらく押し問答があり、最終的には高子の方があきらめて封筒をしまった。

最後に高子はこう言った。

「志史、お葬式で涙一つ見せなかったでしょう？　洸ちゃんも美月ちゃんも目を真っ赤にしていたのに」

「志史は立場上忙しかったでしょうし……」

「いいのよ。悲しむふりなんかすることはないもの。ただね、私、見てしまったの。あの子……笑ってた。お焼香《しょうこう》の時、少し俯《うつむ》いたまま、唇の両端をつり上げて、静かに笑っていたのよ」

2

悠紀が青麦という喫茶店を訪れたのは、高子の依頼を受けてから一週間後の一月二十日のことだった。

青麦はレトロが売りなのか、古いスタイルを守り通しているうちに時代が動いてレトロになったのか分からないが、レンガ造り風の壁に蔦《つた》が絡み、広くはない店内は磨《す》りガラスのランプで淡い琥珀《こはく》色に照らされている。

彫刻の施された衝立《ついたて》。コーヒー色の革椅子。カウンターの中では愛想のない五十がらみのマスターが銅製のケトルで湯を沸かしている。

隅のテーブル席に座った悠紀はウェイトレスにカフェオレとホットサンドを注文した。見たところウェイトレスは一人しかいない。この子が島田夕華だろうか。

カフェオレを運んできた彼女に、

「失礼ですが、島田さんですか」

と声をかけた。

「はい、そうですけど」

不思議そうにこっちを見たその顔を改めて見つめる。

おそらく二十歳くらいだろう。肌は栗色に近く、きめが細かくてにきび跡の一つもない。眉は薄く、重い瞼《まぶた》のせいで瞳の輪郭はぼやけていた。時折二本の前歯が覗く唇にやや濃い口紅を塗っており、その口紅だけが化粧らしい化粧だった。ほどけば長いのであろう髪は編みこんで一つにまとめられていた。

悠紀は正直に名乗り、立原恭吾が殺害された事件に関連してあなたに訊きたいことがあるのだと言った。仕事の後、あるいは後日でも時間をつくってもらえないかと頼むと、今日のシフトは六時までなのでその後に、駅の反対側のファミリーレストランではどうですかと言う。

時間があるのでＪＲ線に乗り、志史が泊まっていたという品川のホテルに足を運んでみた。ドアマンも複数人いるし、地下駐車場への誘導員も常駐している。フロントが無人になることはないことも確認した。結論としては深夜だろうと早朝だろうとホテルのスタッフの誰にも目撃されずに出入りするのは不可能だ。

指定されたファミリーレストランに早めに入り、入り口の見える席でコーヒーを飲みながら待っていた。青麦のコーヒーと違って香りもなく、煮詰まったものを薄めたようでおいしくない。

夕華が現れたのは六時十五分だった。悠紀と目が合うと足早に寄ってきて、会釈して向かいに腰掛けた。手土産《てみやげ》のガトーショコラを渡し、ファミレスで偉そうに言うのもあれですが何でも注文して下さいとメニューをさしだしながら勧めると、夕華は真剣に迷って苺《いちご》のアイスクリームを頼んだ。

「島田さんは映陵大の学生なんですか?」

アイスクリームを食べ終えるのを待って悠紀は訊いた。

「えっ、まさか!」

夕華はあわてたように手を振った。

「違います。映陵大なんてとんでもないって感じです」

悠紀は上着のポケットにこっそり手を入れてボイスレコーダーの録音スイッチを押した。

「さしつかえのない範囲で答えてもらえればと思うんですが、志史とはいつ頃から? どうやって知り合ったんですか?」

「個人的にしゃべるようになったのは去年の七月です。お店にはよく来てたから顔は知ってたんですけど、たまたまそこの本屋さんで会って……」

「駅前の?」

「そうです。あのガラス張りの本屋さん。あそこの文庫本コーナーで立ち読みしてて、ふと気がついたら横に志史くんが立ってて。青麦の人だよねって声かけてくれたんです。すごいびっくりしました。それで私が立ち読みしてた本の話でもりあがって。北欧のホラー作家の短編集だったんですけど、志史くんもその人の小説が好きだって……。志史くん、お店で見てた時は何かちょっと近寄りがたい人かもって思ってたんだけど、全然そんなことなくて、話しやすくて。それからお店でもちょっとずつしゃべるようになって、本の貸し借りしたりして、それで、えっと、いつのまにか……」

夕華は紅潮した頬を何度もさすった。

「一番信じられなかったのは私です。映陵大の可愛い子たちが憤慨したのも分かるっていうか。私なんかと志史くんが……」

「自分のことをなんか、なんて言っちゃだめですよ」

「フォローしなくて大丈夫です。格差カップルだったの分かってますから」

夕華は否定してほしくて卑下《ひげ》しているわけではないようだった。いや、卑下しているのでもなく、ただ自分が思っていることを素直に吐露《とろ》しているのだ。

「映陵大の子っていうのは？」

「最初はお店にいやがらせにきたんだけど、マスターが追い払って出禁にしてくれました。マスターは私の伯父さんなんです。独身で子供がいなくて、小さい頃から私のこと可愛がってくれて。それでお店に入れなくなると待ち伏せされたり……。その中の一人が志史くんを好きだったみたいです。本当に可愛い子で、最初元カノかなと思ったんだけど、それは違ったみたいで。あの、別に何かされたっていうんでもなくて。囲まれた時はちょっと怖かったけど、鏡見ろとか身の程知らずとか言われただけで。まあ私はそういうの慣れてる方だから……。あと、ゴボウって呼ばれてました」

ゴボウ?――訊き返そうとして寸前でとどめた。色黒でやせぎすな夕華を揶揄《やゆ》したに違いない。

「あの、志史くんがゴボセンって知ってます?」

「志史が、何?」

「ゴボ専。あの女の子たちがつくった言葉だと思います。ゴボウ専門ってことみたいです。私みたく色が真っ黒でがりがりなのが志史くんの好みで、それをクリアしてたらあとはどうでもいいんだって。志史くんにふられた子で準ミスキャンパスになった子もいるんですけど、それが女優さんみたいな美人で、色白で」

「妬《ねた》ませておけばいいですよ。あなたの方がずっと魅力的だったってことだから」

「あ、それはないです。でも、私、ゴボウでよかったなって。おかげで志史くんとつきあえたんだったら。だって、本当に幸せだったから」

「今、志史とは――」

「会ってないです。迷惑かけるからもう会えないって電話で言われたのが事件の一週間後で、それっきり連絡もなくって。もちろんお店にも来ないですし」

「あなたの方から連絡は?」

「ふられたのにできません」

夕華はまた顔の前で手を振った。

「ふられたとは決まってないですよ。したっていいと思います」

悠紀は心から言った。夕華に好感を持ったのだ。それから核心に切りこんだ。

「事件の前日のことから聞かせてもらえますか？」

「去年の十一月九日、ですよね。よく憶えてます。志史くんと最後に会った日だから。志史くんはレポートに必要な資料を見たいから大学に行くって言ってて、その後で会おうって誘われて、それで六時半にここで待ち合わせて。線路を越えるからか、ここって意外と映陵大の学生さんが少ないんです」

悠紀は何となく店内を見回した。悠紀の中ではファミレスという場所と志史が結びつかない。

「ご飯食べて、映画見て、それからホテルに行きました。志史くんはいつもちゃんとしたホテルに部屋をとってくれました。――あの、あけすけに言うと思わないで下さいね。志史くんのアリバイのことだから警察の人にも話したんです。はっきり言わないせいで志史くんが容疑者扱いされたらいやだから」

夕華は思いつめたように、そこで初めて悠紀の目を見た。

「志史くん、まだ疑われてるってことですよね？」

──そう誤解したからここまで話してくれたのだ。悠紀は視線をそらし、カップの底のコーヒーを飲んで心苦しさをごまかした。

「チェックインしたのは何時頃？」

「たぶん十時くらいです。映画が九時半くらいに終わったから」

「すぐ部屋に？」

「はい。フロントからすぐ部屋に行って、朝までずっと一緒でした。二人とも一歩も部屋の外に出てないです」

「絶対、ですか」

「絶対、です。シャワー浴びる時とかは別々だったけど、そんなの十分くらいだし、あとは一緒に……。私、もともと眠りが浅い方で、特に志史くんと一緒の時は寝顔とか見られたくないし。志史くん、ずっと腕枕してくれて……。だから、いなくなったら絶対気づきます」

夕華は真っ赤になって言い切った。

「チェックアウトは？」

「朝の十時でした。部屋にあるコーヒーを飲んだりしてるうちにチェックアウトぎりぎりになって。九時頃志史くんのスマホにお母さんから電話があったんだけど、志史くん、別に何でもないって言ったんです。急がなくてもいいって」

「志史、急がなくていいって言ったんですか？」

悠紀は思わず問い返した。——仮にも父と呼ぶ人間が殺されたのに、急がなくていい？

「そうなんです。だから、まさかあんな事件が……志史くんのお父さんが殺されたなんて夢にも思わなくて、ニュースで知って本当にびっくりして。警察の人にもいろいろ訊かれて、志史くんが疑われてるんだって思ったら怖くなって」

「大丈夫ですよ。あなたの証言が正しければ志史は犯人じゃありません」

夕華は悠紀を見上げて小さく頷《うなず》いた。

「ホテルを出てからは？」

「駅で別れました。私は反対の横浜方面で……。志史くんと会ったのはそれが最後です」

悠紀には夕華が嘘をついているとは思えなかった。そもそも警察が裏をとった時点で志史のアリバイは立証されているのだ。

——志史に恭吾は殺せなかった。

高子への報告はそれでじゅうぶんなはずなのだが、それではすませられなくなっているのは、夕華にはああ言ったものの悠紀の中に志史を疑う気持ちが残っているためだ。

ただ、志史に恭吾殺しが実行できなかったのは確からしい。もし志史が事件にかかわっているとしても、実行犯はほかにいる。

金銭で契約を結んだか、あるいは脅迫して殺させたか、恭吾を憎んでいる人間と結託したか、単にそそのかしたのか。

一つ目の金銭で人を雇う場合の問題点は報酬の高さと確実性の低さだろう。たとえば闇サイトで殺人を依頼して、必ず履行されるとどうして分かるだろう。見も知らぬ誰かが間違いなく恭吾を殺してくれるとなぜ信じられるだろう。

仮に実行されたとしても犯行が成功するとは限らないし、成功しても警察につかまる可能性は常にある。逮捕されれば実行者は依頼されたことをしただけだと主張するだろう。サイトをたどればたやすく依頼者につながる。仮にたどらせないだけの技術があったとしても、志史がそんな危うい方法に賭けるとは思えないのだ。

それに、現実問題として、殺人の対価が志史に払えるだろうか。

恭吾の方針で、立原家に引き取られた時から志史はこづかいがもらえなかった。お年玉も高子が預かって志史名義の口座に貯金したと聞いている。これに関しては母の陽子が恭吾に苦言を呈していたのを知っているが、必要なものがある時はその都度《つど》申し出て、その分の金額だけを受け取ることができたのだという。

大学生になってからはアルバイトくらい許されたのだろうが、司法試験の勉強を優先させていたはずだ。実際、志史が映陵大学やその附属校、あるいは青成学園や令学館を志望する子供たちの家庭教師をするようになったのは司法試験が終わった五月末からだった。

恭吾の遺産から後払いする？……そんなことをすれば疑ってくれと言っているようなもの

だ。

二つ目の「脅迫」というのもあまり現実的ではない。よほどの弱みをにぎっている必要があるし、相手が捨て身になれば志史自身の身が危険に晒《さら》されかねない。

三つ目の、恭吾を恨んでいる人間との結託――もしくは殺人教唆《きょうさ》――が一番可能性が高いが、この線を追うとしたら、これまでに立原法律事務所が扱った案件を調べ、恭吾個人か事務所に恨みを抱いていそうな人物をリストアップし、その中で志史と接点のある人間を探すことからはじめなければならないだろう。

そんなことをつらつら考えながら何の進展もなく過ごしていたところ、高子から電話があった。夕華に会った三日後の夜だった。

「斉木さんが亡くなったの」

開口一番高子は言った。

「斉木明……志史の実の父親よ。悠紀さん、今お時間よろしい？　実はさっきまで警察署にいたの。志史も一緒に。斉木さんの遺体の確認をしたわ。あの人、前科があるでしょ？　指紋を照合して、それで身元が分かったの。顔を見たわ。ホームレス状態だったみたいで面変わりしてたけど、間違いなく斉木さんだった」

悠紀は直接斉木に会ったことはないが、悪い噂ならいくらでも聞いている。美奈子と離婚してからますます堕落した暮らしを送っていたであろうことは想像にかたくない。

そんな斉木は一度、立原家に姿を現したことがある。確か今から十二年前だ。必ず返すから金を貸してくれ、でなきゃ殺されちまう――。

最初は泣き落としで、次に土下座して金をせびろうとしたが、恭吾が突き放すと一転、金を出さなければ美奈子をレイプしてやるなどと脅迫した。結局恭吾が告訴して、逮捕、起訴までもっていった。執行猶予《ゆうよ》こそついたが、恐喝未遂の有罪判決が下った。

斉木にとってはいっそ実刑判決の方がよかっただろうと話していたのは父と母だ。たちの悪いギャンブルで借金まみれになり、常軌を逸した取り立てに追いつめられていたのだという。

釈放後、借りていたアパートにも住めなくなって行方をくらませた。顔を隠し、名前も捨てて、ホームレスになるしかなかったのか……同情する気にはならないけれど。

「斉木、どうして死んだんです?」

「建設中のビルの足場から飛び降りたらしいわ。昨夜十一時頃よ。ホームレス風の男性が中に入るのを見た方がいらして」

「場所は?」

「小日向《こひなた》なの。バス通りを令学館とは逆にちょっと入ったところ」

「どうしてそんなところで」

「目撃した会社員の方は、ホームレスが寒いからせめて風のさえぎられる場所で眠って、朝、工事がはじまる前に出て行くんだろうくらいに思って通りすぎたら、直後にものすごい音がしたんですって。ただ、その方、その時はそのまま家に帰られたの。疲れていて眠かったし、正直なところかかわりあいになりたくなかったっておっしゃって。それはそうよね。ニュースで住所不定無職の男が転落死したと知って、あわてて警察に行って証言をなさったのよ。よくよく思い出すと悲鳴を聞いた気もするって」

「それは、斉木が誰かに突き落とされたってことですか？」

「刑事さんのお話だと、現場に争った形跡はないらしいの。事故か自殺……危ない足場にわざわざ上ったことを考えれば自殺だろうって」

「自殺なら悲鳴を上げたりはしないんじゃないですか？」

「そうね。でも、目撃者の方も気のせいかもしれないっておっしゃってるから」

「遺族は志史だけ？」

「ええ。美奈子とおつきあいがあった時から親御さんもごきょうだいもいないっていうお話だったわ」

他殺の可能性がなく、悲しむ遺族もいなければ、結局のところ事故か自殺かは大きな問題ではないということだ。

「──斉木さんらしいのよ」

高子はほんの少しだけ口早にささやいた。

「斉木さんが恭吾さんを殺した犯人らしいの」

「本当ですか？　何か物証が？」

確かに斉木ならば「三つ目」に合致する。恭吾を恨んでいて——絵に描いたような逆恨みだが——志史と接点のある人間。実の父と子なのだから、高子や恭吾、美奈子の知らないところで交流が続いていたとしても不思議ではない。

「恭吾さんの爪の間に残っていた遺留物と、斉木さんの着ていたセーターの繊維が一致したそうよ」


翌々日の午後、悠紀は立原家を訪れた。

細い坂の半ばにある立原家は品のいい古民家といった風情の日本家屋で、広くはない前庭いっぱいに一本の堂々たる桜の巨木が根を張っている。桜は二階の志史の部屋の窓まで枝を広げていて、花の季節には畳にまで薄紅色の花影がこぼれた。

門を通り、今は葉もつぼみもない桜の横を抜けて玄関のチャイムを鳴らすと、グレーのロングスカートに黒のセーターの高子が出迎えた。銀で花びらをかたどった黒真珠のブローチをつけている。

前に訪ねた時は、ジョルジュ——入れる部屋は限定されていたとはいえ室内で飼われていた——が飛び出してきてじゃれついたものだが、今はどこにも、あの短足で愛嬌たっぷりの洋犬の気配はない。事件以来三田家に引き取られたのだ。玄関マットに、湿った獣臭がわずかに残っている。

恭吾の位牌の置かれた仏壇に線香を上げて手を合わせる。それから客間に通された。この家では客間と元美奈子の部屋、それに防音のピアノ室が洋間になっている。志史の部屋も襖で仕切った和室で、そこにベッドと勉強机と本棚が据えられていた。

高子が紅茶とカステラを運んできた。

「斉木が犯人だというのは確かなことなんですか?」

熱い紅茶を一口飲んで、悠紀は口を切った。銘柄は分からないが、実家で飲むのと――母の好みのそれと――同じ香りだ。

「恭吾さんの爪に斉木さんのセーターの繊維が残っていたことはお話ししたわね? それだけじゃなくセーターにはジョルジュの毛と唾液がついていたことも分かったの。ああいう生活をなさってる方って、二か月くらい着替えなかったりするんでしょ?」

高子は自分の前にも紅茶とカステラを置き、悠紀の向かいの肘掛椅子に深く座った。

「捨ててあったのを拾って着ていただけかもしれないですよね」

可能性は薄いなと思いながら悠紀は言った。

「グレーっぽい紺のセーターで、手編みだったのよ。そのことを美奈子に話したら、美奈子、斉木さんはセーターを編めたって。昔編んでもらったセーターがうちにあるなんて言い出したのよ」

　高子は立ち上がり、用意していたらしい淡いオレンジ色のセーターをさしだした。

「これね、今朝警察から返されたんだけど、美奈子の部屋の箪笥《たんす》の奥にしまってあったものなの。おつきあいをはじめた頃に斉木さんが編んでくれたんですって。美奈子としたら見たくもないけれど、捨てられなかったのね」

　浅いVネックで、やや太い毛糸で編まれており、シンプルな編み目がそろっている。安価であれば売り物になる程度にはじょうずだ。

「普通のメリヤス編みだけど、裾と袖口がゴム編みになっていて、丁寧に編めてるわ。美奈子が言うには劇団の人って自分で衣装をつくったりするから、お裁縫《さいほう》ができたり、器用な方が多いんですって。斉木さんが着ていたのもこれと同じ編み方……いえ、これが一番一般的な編み方なのだけど、編み目の大きさが同じだったのよ。編み目って編む人によって変わるの。それに、サイズがね」

「斉木にぴったりだったんですか?」

「ああいう生活の中でやせて、お腹回りは余っていたようだけれど……。斉木さんてね、背が高くて肩幅があって、でもすごく脚が長いわけじゃないから、背が高い分それなりに胴の長さもあって、普通のサイズはあまり合わないと思うのよ」

「何センチくらいあったんですか?」

「美奈子の話だと自称で百八十八とか」

「志史よりかなり高かったんですね」

「美奈子が大きくないから……」

志史は百七十五、六だろう。精神的にも肉体的にも早熟だった志史は中学一年の夏に百七十センチはあったが、そこからは大きく伸びなかったようだ。

「それとね、公園の現場にあった足跡と斉木さんが履いていたスニーカーの底が一致したそうなの。底の模様とか、サイズがね。国内メーカーから七年前に発売されたもので、一番の売れ筋だったんですって。二年後にモデルチェンジして、もう店頭には売っていないそうよ」

被害者の爪の中にあった繊維と同じ毛糸。ジョルジュの毛の付着。唾液の検出。現場の足跡《そくせき》。痕跡《こんせき》が一致して動機もあるとなれば、斉木明犯人説は当然かもしれない。

もともと最有力容疑者だろう。すぐにその方向で調べて、捜査員たちの望み通りの結果が出たということか。

「実は去年の夏頃からホームレス風の男性がこの近所で時々目撃されていたのよ。私は見たことがなかったんだけど」

「それが斉木なんですか？」

「確実ではないけど、背が高くてぎょろりとした目っていうのが特徴らしいわ」

「斉木が死んだ場所が不思議ですよね。あのあたりに住んでいたとも思えないし」

「無関係な場所ではいけないの？」

「いけなくはないけど、不自然ですよね」

「通りの向こうに令学館があるけれど」

「志史が中学の三年間通った学校の近く……」

だから何だという気がする。

「そうだわ。昔、美奈子は斉木さんとあそこにある会館に桜を観に行ったことがあるそうよ」

高子は界隈にある有名な政治家一族の旧邸の名をあげた。そこは都内の桜や薔薇《ばら》の名所の一つに数えられる。

「斉木さんにしか分からない思い出の土地なのかもしれないわね？」

「そう……ですね」

「だから、悠紀さん、せっかく引き受けて下さったのに申し訳ないけれど、先日お願いしたことは忘れて下さらない？」

「伯母さんがそう言うなら」

高子はほっとしたように、銘々皿の上のカステラを黒文字で小さく切った。

その時は本当にそのつもりだったのだ。帰りぎわに志史を見かけるまでは。

立原家を辞す時、階段の上に志史が立っていた。声をかけようとした時にはもういなくなっていたが、一瞬見た志史の残像が悠紀の目に焼きついた。
残像の志史は、笑っていたような気がした。
唇を三日月《みかづき》の形にして、声もなく……笑っていたような気が、した。

第二章　洋　館

1

　立原家を訪れた翌日、少しでも暖かいうちにと昼過ぎに出かけたが、低くたれこめた真冬の雲には日射しを届ける切れ間もなかった。悠紀は一番厚いセーターとダウンジャケットを着こんで、斉木明が死亡した建設途中のビルへ足を運んだ。現場は令学館からそう離れてはいない。

　悠紀の住むマンションの近くを通って、立原家のある千駄木と令学館あたりを結ぶ路線バスがある。志史の家庭教師をしていた時は自転車で立原家へ通っていたが、雨の日はこのバスを利用した。雨の場合、帰りは恭吾が車で送ってくれるか、恭吾が不在であれば高子がタクシーを呼んでくれたので、令学館方向へのバスに乗るのは初めてだった。

　悠紀は後ろへ流れていく車窓の景色を眺めながら、家庭教師をしていた頃、志史がこのバスを使って通学していたことを思い出していた。

　護国寺《ごこくじ》の交差点を左折し、いくつか信号を越えたところでバスを降りる。行く手には蛇行

東に入ると事件現場のビルがある。

する神田川《かんだがわ》。

この通りを西に入ると令学館中等科、同高等科があり、東に入ると事件現場のビルがある。

悠紀は東に折れた。探すまでもなくその場所は見つかった。

警察の立入禁止は解かれ、今はただ工事現場として囲いがされている。工事計画を記したパネルを見ると五階建て鉄筋コンクリートのマンションが完成する予定になっている。建設現場で人が自殺したら瑕疵《かし》物件になるのだろうか。あるいは、ホームレスが一人死んだことなど完成の頃には忘れ去られているのだろうか。

パネルの施工主の欄には大手の工務店の名前、建築主の欄には「小暮理都」とあった。

——コグレ……リト？　マサト？　名前の方は何て読むんだろう？

そう思った時、以前に同じことを考えたことがあるのに心づいた。「理都」という名前、この字面を過去にどこかで見たのだ。

どこでだろう。いつだろう。少なくともつい最近のことではない……。

少し考えたが、分からなかった。骨組み全体とパネルをスマートフォンで撮影してその場を離れた。川面から凍るような風が吹き上げ、ダウンジャケットの襟に首を埋める。

通りを横断するとちょうど帰りのバスが着いていたが、やり過ごした。ここまで来たついでに令学館も見ておきたい。

地図で見ると令学館中等科、高等科はそれぞれが独立した敷地を持ち、神田川から護国寺方向へ、高等科、中等科の順に少し離れて並んでいる。立原家のある千駄木界隈もそうだが、このあたりも細い私道や坂が多い。歌会のあったホテルへ続く坂を上り、途中を右へ折れる。令学館中等科の校舎にたどりつくはずが、石垣にぶつかって行き止まりになった。曲がる道を一本間違えたようだ。

石垣の真ん中に石の階段。階段の上には両開きの鉄門があって、その奥に白亜の洋館が建っていた。槍のような鉄柵をめぐらせ、洋館の背後に深い緑が見える。

銅板の表札に「小暮《こぐれ》」と彫られている。

「小暮邸……」

何だろう。これも記憶にある。マンションの建築主の名字とは別にだ。――そう、耳で聞いたのだ。

……高校の時、近くに小暮邸って素敵な洋館があって……。

母、陽子の言葉だ。去年実家に帰った時、リビングでクッキーをかじりながらテレビのニュースを見ていた母が急に声を上げたのだ。

「このお屋敷！　小暮邸だわ。なつかしい。全然変わってない」

悠紀がテレビに目を向けた時には画面が女性アナウンサーのアップになっていて、都内在住の資産家の男性が自宅浴室で溺死したというニュースを伝えていた。

「亡くなった小暮さん、五十二歳……やっぱりあの男の子よね」

「知ってる人？」

「じゃないけど、このお屋敷、令学館の近くなのよ。高等科の頃、クラスの子が、私たちくらいの男の子がそこに住んでるって情報仕入れてきて、女子で放課後覗きに行ったの。だってあんな白亜の洋館の住人なんてどんな美少年かと思うじゃない」

何人で行ったか知らないけれど、迷惑じゃないだろうかと思いながら、悠紀は曖昧に頷いた。

「だけど石垣が高くて、全然見えなくって。でも毎日行ってたら――」

毎日……と、これも心の中でつぶやいた。

「ある日ついにその子が制服着て帰ってくるのに出くわしたんだけど、あれなら見ない方がよかったわね。一瞬で夢が壊されたわよ。まあ、そんなものよね、現実は」

母は勝手なことを言っていた。

溺死したのが小暮理都？――いや、理都はその遺族？　その時のニュースでその名前を見たのだろうか？

……違う、もっと前だ。「理都」という字面に見覚えがあるだけで、小暮理都とは関係ないのかもしれないが……。

気がつくと令学館中等科の前に来ていた。

下校時間にはまだ早いのだろう、静かだ。アーチ形にくりぬかれた窓が並ぶ薄茶色の校舎を切り絵のような冬枯れの木立がとりまいている。

あの窓の一つに志史はいたのだ。

この学校は共学で、特に中等科までは小規模で学費が高く、学部を選ばなければ大学までエスカレーター式に進める。偏差値は高めとはいえ、どちらかといえばぬるま湯的な校風だろう。

ここに通うには志史は優秀すぎたのかもしれない。事情のない家庭などないとしても、やはり同級生には豊かな経済を背景にすくすく育った子供たちが多かったに違いなく、その中にあって、背負う翳が濃すぎたのかもしれない。いや、どこの学校に行っても——。

あの頃の志史は自分からむだ話など絶対にしなかったし、悠紀が話題を振ってもそっけなくあしらわれるばかりだった。当然、学校や友達の話などしてくれたことはない。志史の中学校時代のことで悠紀が知っていることといえば、よく本を読んでいたことと本棚にはすでに六法全書があったことくらいだ。

図書館か学校の図書室から借りたらしい、背表紙に請求記号ラベルが貼られた本が積まれていたのを、志史がトイレに立った時になにげなく手にとったことがある。海外のSFの古典的傑作、日本の文豪の作品、流行のファンタジー小説……いかにも読書好きの中学生の選択で、何となく志史らしくないと感じたのを思い出す。

その本の下に、少しはみ出して一冊のノートがあった。淡いグリーンの表紙で、繊細な蔦の葉模様が金で箔押《はく》しされて四囲をふちどっていて――。

――あのノートだ。

唐突に記憶がつながった。あの美しいノートの表紙に書いてあったのだ。横書きで、〈理都・志史〉と。

「勝手に触らないでもらえますか」

志史の冷ややかな声がよみがえる。あわてて手を引くと志史はノートの上に本をきちんと重ね直した。それで表紙の名前は隠れてしまった。

「フェイクですよ、こんなの。こういうのを読むって思わせておけばお母さんも安心するし、お父さんも口出ししてこないから」

立原家に入ってから、志史は恭吾のことを「お父さん」、高子のことを「お母さん」と呼んだ。一片の親愛の情もこめずに。

産みの母である美奈子のことを「美奈子さん」と呼び、六年間養父であった忠彦のことを「三田さん」と呼んだ。ただ氷のように冷ややかに。

あの頃から志史は灰色の城壁に囲まれているかのような、誰にも踏みこませない雰囲気をまとっていて、中学生ながらそれは威圧感と呼んでもいいものだったのだ。

〈13日朝、文京区××の小暮静人《しずと》さん（52）が自宅の浴室の浴槽内で死亡しているのを帰宅した小暮さんの長男が発見し一一〇番通報した。小暮さんは長男と二人暮らし。大塚《おおつか》署では現場の状況から酔った小暮さんが入浴中にあやまって溺死したとみて捜査している〉

帰宅してから悠紀はパソコンを立ち上げ、西暦や、小暮、文京区、溺死などのキーワードを入れて検索をかけた。昨年の八月十三日に起きた溺死事件の概要は簡単に知ることができたが、長男の名前はどのソースにも載っていない。

どこかに出ていないかと検索を進めるうちに見つけたのが、現在と過去の事件を結びつけて因縁《いんねん》話めいたものに仕立てたオカルト系雑誌の連載記事だった。昨年九月の記事だ。

〈今回は都内に多くの土地家屋を所有する資産家西丘譲さん（仮名）が自宅風呂場で溺死した事件を取り上げたい。

第一発見者は同居の長男の雅人さん（仮名）で、西丘さんは広い屋敷に雅人さんと二人暮らし。屋敷内のすべてのドアも窓も内側から施錠され、侵入者の形跡もないことなどから、事件性はなく、酔っ払った西丘さんが入浴中に溺れたのは間違いないようだ。

西丘さんが溺死したのは十三日の未明のことだ。その時刻、雅人さんは母親の聖美さん（仮名）の見舞いで病院にいた。八月十三日は聖美さんの誕生日で、病院関係者の話によると雅人さんは毎年十二日の夜には花束を携《たずさ》えてきて病院に宿泊するのが通例のことだという。

さて、雅人さんの孝行息子ぶりは措《お》いて、問題は聖美さんが何故入院しているか、だ。

西丘さんの住まいは坂の上の瀟洒《しょうしゃ》な白亜の洋館。西丘さんは職業画家ではないが、庭の一角に別棟のアトリエをかまえて油絵を描くのを趣味にしていた。

そのアトリエで火事があったのは三年前、二〇××年二月の未明のことだ。幸いアトリエが燃え落ちただけで母屋《おもや》に被害はなかったが、この火事で聖美さんは大火傷《やけど》を負った上昏睡状態に陥り、現在に至るまで意識を取り戻していない。

消防と警察の調べでは現場の状況などから聖美さん自身が火をつけた可能性が高く、雅人さんや当時の家政婦は聖美さんが西丘さんの浮気を疑ってノイローゼ気味であったことを証言している。

火事と溺死――。火と水は相容れないものだが、実はこの二つのキーワードから半世紀前にこの屋敷で起こった凄惨な事件が浮かび上がるのだ。

この事件については古い新聞記事からも拾うことができるが、筆者はかつて西丘家で働いていたという山中さん（仮名）から話を聞くことができた。

西丘さんには双子の弟がいた。西丘さんも弟も物心がつく以前のことだ。ある日西丘さんの弟が庭の池で溺れ死んでいるのが発見された。子守の娘が取り調べを受けたが、彼女の過失を問うことは困難であるとして立件は見送られた。

ところが釈放後、娘は西丘邸の庭で灯油をかぶり、自ら火をつけて焼身自殺を遂げたのだ。後日、娘の部屋から遺書が見つかった。そこには大旦那様（西丘氏の祖父）に無理やり純潔を奪われたこと、そのことで大奥様（同氏の祖母）にいびられたこと、給料の前借りをさせてくれなかったために手術が間に合わず母が亡くなったこと、その復讐に坊ちゃんを殺したこと、その時から赤ん坊の泣き声が耳を離れないこと、肩がひどく重く、振り向くと苦悶に満ちた赤ん坊の顔があることなどが綴《つづ》られていた。

ちなみに山中さんはその数日前に西丘家をやめている。理由については堅く口を閉ざして語らない。事件後、池は埋められた〉

いくつかキーワードを入力すると、その火事の記事はすぐ見つかった。四年前の二月の記事だった。

〈14日未明、文京区××の小暮静人さん宅で火災が発生。およそ一時間後に鎮火したが、敷地内の一棟約四十平方メートルが全焼した。この火事でこの家に住む静人さんの妻万里子《まりこ》さん（42）と長男の理都《りつ》さん（18）が重傷を負った。出火時、建物の中には万里子さんがいて、助けに入った理都さんが巻きこまれたとみられる。警察と消防で詳しい出火原因を調べている〉

知っていたら溺死のニュースを見た時に言及しただろうから、母は火事のことは知らなかったのだろう。

ここではっきり「理都」と名前が出ている。四年前に十八歳なら志史と同い年だ。同い年なら、令学館で志史の同級生だった可能性はある。

念のために「小暮理都」で検索すると、さっきの火事の記事だけが重複してヒットした。

実名でSNSなどはやっていないようだ。

小暮邸アトリエの火事、斉木明の転落死、小暮静人の溺死——短期間に小暮理都のまわりで事件が起きすぎている気がする。

理都はまだ二十二歳だが、斉木が転落した建設中のマンションの建築主らしい。そして斉木は恭吾殺しの最有力容疑者で、理都と志史は中学の友達……？

……何だろう。綺麗に線がつながるわけではないが、切れ切れの点線が微妙に絡み合う。

しばらくパソコンを睨《にら》んで考えこんでいた悠紀はデスクに投げだしていたスマートフォンをとり、先月までの雇い主にLINEを送った。

〈今電話していいですか？〉

透子は探偵業のかたわら——どっちが「かたわら」か分からないが——イラストを描いている。

透子が描くのは主に幽霊、妖怪、幻獣、異形のもの、この世ならぬものだ。都内の密教系の寺院の娘である透子は、そのせいかどうか、幼い頃からいろいろなものを見ているらしい。その経験を活かして——かどうかは定かではないけれど、そういうジャンルのイラストレーターとしては結構重宝されているのだ。

間を置かずにスマートフォンが電話の着信を告げる。

「——若林です。透子さん？」

「どうしたの？　忘れ物でも思い出した？」

「忘れ物はないです——と思います。じゃなくて、透子さんに訊きたいのは——」

悠紀はさきほど読んだ記事が掲載されていたオカルト系雑誌について尋ねた。

「あそこ？　うん、何回か描いたことあるよ」

「知り合いの編集者がいたら紹介してもらえませんか？」

「いないこともないけど、どうしたの？」

「去年の記事のことで知りたいことがあって」

透子は二秒ほど黙った。そして、ひらひら遊ばせていたリボンをきゅっと結んだような口調になり、

「一つだけ確認させて。——あの子と関係あること？」

「そんな怖い声出さないで下さい。彼女は全然関係ないです」

「本当？　ならいいけど。もうあの子のことは……忘れろとは言わないけど……若林くんの責任じゃないんだからね」

　はい、と答えようとしたが、言えなかった。

　いや、普段は意識の外にあるのだ。透子が心配するほどとらわれているわけではない。

　だが責任がないとは思わない。救えなかった少女。所詮《しょせん》自分の力ごときでは救えなかったかもしれない——けれど、もしかしたら救えたかもしれない少女。

悠紀は無意識に左の脇腹に触れた。

――痛いな、まだ。いや、きっとずっと。

ずっと……。

2

翌日、新宿《しんじゅく》へ向かうつもりだった悠紀は駒込駅へ行きかけてふと気を変え、立ち止まって高子に電話をかけた。立原家に寄っても約束の時間にはまにあうだろう。一つ頼みごとをして、今からうかがうと伝え、バス停へ足を向ける。

「急にどうなさったの？　志史の中学校の卒業アルバムが見たいなんて」

「すみません、確認したいことがあって」

「あのことなら……恭吾さんのことならもういいのよ」

「はい。分かってるんですが」

「私がへんなことをお願いしたから」

眉宇《びう》に困惑を浮かべながらも高子は悠紀を客間に通した。テーブルにはモスグリーンの表紙の卒業アルバムが置かれている。

「どうぞ。見てらして。志史がいなくてよかったわ。志史、中学校のアルバムだけは自分の部屋に置いてるから」

「すぐ失礼しますから、どうかおかまいなく」

令学館中等科は一学年四クラスで、一クラス二十数名。男女比はほぼ同数だ。

志史は三組にいた。微笑《ほほえ》んでいたり、少しおどけていたり、斜にかまえていたり、目を見開くようにして表情をつくっていたり――誰もがカメラを、卒業アルバムの写真を撮るということを何かしら意識しているのに、志史だけは波紋一つ浮かべぬ湖水のような、静かに冴えた表情を湛《たた》え、眉の迫った切れ長の瞳はただまっすぐに前を見ている。そのことが志史をひときわ大人びて見せ、つかのまの幻像のようにも見せていた。

こうして見ると唇自体は柔らかな線を持っているのに、悠紀はその唇が楽しそうに笑いこぼれたり、穏やかに微笑んだりするのを見たことがないような気がした。

三田家にいた頃は笑顔を浮かべたこともあっただろう。悠紀もそれを見ているはずだが、思い出せない。志史の唇はいつもきつく引き締められていた――そう思われてならないのだ。決して誰にも引き絞ることができない弓の、ぴんと張りつめた――張りつめすぎた――弦《つる》のように。

あの時階段の上で残像のように見た奇妙な微笑が、初めて目にする志史の笑みだった。だからあれほど心に残ったのだ。

志史と同級の三組には、小暮理都はいなかった。

四組――いない。

二組――いない。

一組は……。悠紀の指が固まる。――いた。

本当に、いた。驚きよりもまさかという気持ちで悠紀は四角く切り取られた写真とその下の小暮理都の文字を見つめた。

これを探しにきて「まさか」もないのだが。

小暮理都は闇の中でふいに匂い立つ濃密な花のような、何かむせるような魅惑を持つ少年だった。美貌というのとは少し違う。いや、もしかしたら将来非常な美男子になるのかもしれないが、今のところは美のエッセンスだけが浅黒い肌の上で未完成の陰画になっている。彫りの深い顔立ちで、とりわけ印象的なのは濃い眉の下の双眸《そうぼう》である。それはどきりとするほど大きく、写真でもそれと分かる長い睫毛にとり囲まれて、まるでそこにだけ本物のオニキスが二つ並べ置かれているかと錯覚するほどにきわだって見えた。

黒髪がうねりながら額にこぼれている。

首筋が少女のように細い。

――志史に似てる……な。

顔かたちではない。透徹したまなざし、深い水底に射す月光のような憂《うれ》い、木立を沈める青い霧のような翳り、どこか遙かな雰囲気と研ぎ澄まされた表情――そんなところが似ている。

悠紀は小暮理都の顔をスマートフォンのカメラで撮った。今時ではめずらしいだろうが、アルバムの後ろに名簿がついていたので理都の住所を見ると、番地までは分からないが、少なくとも町名はあの洋館のあるところだ。

三組の名簿のページをスマートフォンに収めた時、高子が戻ってきた。母が好むのと同じ紅茶と椿をかたどった和菓子に、温かいおしぼりを添えて供してくれる。

「調べものはすんで？」

「はい」

「志史に気づかれないうちに戻しておかないと」

高子は万が一にも紅茶をこぼしてはいけないとでもいうように卒業アルバムを隣の肘掛椅子によけた。

「志史は中学の卒業アルバムだけを自分の部屋に？」

「ええ。本棚にしまっているのよ。考えてみれば不思議ね。小学校のは捨ててしまったと言うし、高校の卒業アルバムは卒業証書と一緒に恭吾さんに渡してそれっきりなのに」

「特に仲のいい友達とか――ガールフレンドとかはいたんでしょうか」

「それは私よりあなたの方が知ってるんじゃなくて？　中学校での志史のことは」

「志史とそういう話はしたことがないんです」

「志史は放課後もお友達と遊べなかったの。恭吾さんが許さなかったから……。恭吾さんも家でお仕事することが多かったし、志史、息を抜けることがなかったのね」

「今日は、志史は？」

「さあ……車で出かけたようだけど」

「志史、免許を取ったんですか？」

「ええ。秋に教習所に通っていたみたい。恭吾さんの車には乗らずに、何ていう車だったかしら、中古車を買って近くの駐車場を借りて停めてるの。恭吾さんの遺産を早々に分けたのよ。美奈子は急がなくていいって言ってくれたけど、志史は卒業したら独立するつもりだから早く欲しいって……」

高子は漆喰《しっくい》の壁や木目が黒ずんだ板張りの天井を心細そうに見回した。志史が出て行けば、高子はこの家に一人残されることになる。

「志史はこのところ毎日出かけるけど、どこへ行くか言わないし、私も訊けない。何をしているのかまったく分からない……しかたないわ。今更、あの子も干渉されたくないでしょう」

立原家を辞去し、地下鉄で西新宿にある乾《いぬい》総合病院に急いだ。記事を書いた野崎《のざき》というライターは透子と親しいらしく、万里子の入院している病院と病室を教えてくれた。そればかりか、昨年の取材に応じた看護師にも話を通してもらえたのだ。

理都の周辺を少し踏みこんで調べてみたかった。恭吾の事件から脇道にそれるようでいて、案外そうでもないかもしれない。

「お仕事中すみません」

八階の特別病棟にエレベーターで上がった悠紀は、ナースステーションで一人パソコンに向かっていた看護師に声をかけた。

悠紀より二つ三つ上だろうか。白衣の胸の名札には「斉藤（莉）」とある。野崎が言っていた斉藤《さいとう》莉子《りこ》という看護師に間違いないだろう。

「若林と申します。昨日野崎さんを通してご連絡させていただきました」

透子の事務所にいた時につくったライターの肩書の名刺を、野崎のアドバイス通り一万円のギフトカードと重ねて受付カウンターにすべらせると、斉藤は涙袋のふっくらした目で一《いち》瞥《べっ》して、すばやく白衣のポケットにすべりこませた。

「時間通りね」

壁の時計を見やって言う。

明日の午前十一時四十五分から十二時まで、八階のナースステーションでという細かい指定を受けたのだ。その時間なら彼女一人になる、と。ただし緊急事態やナースコールがあれば相手はしていられないそうだと野崎からはきっぱり言われていた。

「万里子さんはまだこちらに？」

「ええ。奥の八〇一号室に」

八階では窓からの出入りはまず無理だ。

「斉藤さんは万里子さんが入院された時には病院にいらっしゃったんですね？」

「ええ。万里子さんは意識不明で、とても助かるとは思えないくらいでした」

「意識がなかったんですか？」

「ええ。火傷もひどかったんですが、頭を打っていて」

「じゃあ自分が火をつけたと告白したわけではないんですか？」

「とてもそういう状態ではなかったですね」

「でも、彼女自身が放火したという話になっていますよね。それは――」

「ほら、だってそれは」

斉藤は声をひそめた。

「燃えたキャンバスにはご主人の浮気相手の絵が描かれていたって。万里子さんは度数の強いお酒を一ダースも買って準備していたらしいですよ」

そのことは野崎にも聞いた。彼はアトリエの火事や小暮静人溺死事件のことを詳しく話してくれたのだ。

万里子が使ったのはスピリタスというウォッカの一種で、アルコール度数は九十六度。これを飲みながら決して煙草を吸ってはいけないという酒だった。

「現在の万里子さんの容態は？」

斉藤は難しい顔でかぶりを振った。

「ずっとそのまま。意識が戻る可能性は――分かるでしょ？」

「息子さんはよくお見舞いにくるんですか」

「ご自身が回復してからは週一度は見えますね」

「息子さんも入院されたんでしたね」

「ええ、三週間入院したんですよ」

「お見舞いは一人で？　誰かと一緒に？」

「一人ですね」

「旦那さんは？」

「小暮さんはほとんど見えませんでした」

「お見舞いにくる時間は何時頃が多いですか？」

「午前だったり夕方だったり、いろいろです。万里子さんは特別室の患者さんですから、面会は自由なんですよ」

「息子さん、病室にはどのくらいいますか？」

「そうですね、だいたいいつも二時間くらい」

「去年の八月十二日の夜はどうでしたか？　十二日の夜から十三日の朝にかけて」

「それって小暮さんが亡くなられた晩よね？　あの時も警察が来ていろいろ訊かれたけど、何なんですか」

「刑事に訊かれたなら憶えていませんか。小暮理都さんは何時頃見舞いにきて何時頃帰りましたか？」

「――その晩、私はちょうど深夜勤でした。この病院では二十三時から翌朝の八時までが深夜勤なんです。私が出勤した時にはもう見えてて、翌朝早く帰りましたよ」

「早くというのは具体的には」

「窓から外を見たらちょうど日が昇ってたから、日の出時間を調べれば？」

八月の日の出なら午前五時前後だろうか。

「私たち看護師の間では有名な話ですが、八月十三日が万里子さんのお誕生日なんです。息子さんは毎年お誕生日を一緒に迎えて朝までつきそうんです。綺麗なお花を飾って」

「息子さんはずっと病室に？」

「私が担当でしたけど、一時半と四時の定時の見回りの時も、窓辺で小さな明かりをつけてマフラーか何か編んでましたね。編み物お好きみたいで。めずらしいわよね」

理都に静人が殺せたかどうかを悠紀は考えている。疑うとか疑わないではなく、シンプルに可能かどうかの話だ。

野崎の話では静人の死亡推定時刻は午前一時から二時の間。理都が一時半にここにいたなら、静人を殺すには三十分で小暮邸まで行って、殺して、戻ってこなければならない。

地図で確認したが、乾総合病院と小暮邸の直線距離は約四キロ。深夜なら道路はすいているだろうから、車を使えば――理都が運転できるのかどうか不明だが――不可能ではない。必要な工作は翌朝帰ってからすればいい。

「途中で外に出たりは？」

「外のコンビニくらい行くことはあったかもしれないけど、十分二十分ならともかく一時間とか長い間戻ってこなかったら、もう帰られたって思いますから。あの晩のことは警察がとっくにセキュリティ・カメラを押収して調べてますけどね」

斉藤は少しだけ身を乗り出した。

「ねえ、あれって事故じゃないんですか？　小暮さんが亡くなったのって」

「事故――らしいですね」

らしい、としか言えない。

「毎年、誕生日も息子さんだけが来ていたんですか？」

「私が知ってる限りではそう。息子さんが入院してる間はつきっきりでしたけどね、小暮さん。息子さんのことはよっぽど可愛かったんでしょう。だから万里子さんを許せなかったんじゃないんですか。そもそも浮気した自分のせいだろうって話ですけどね。息子さん、万里子さんを助けるためにあんな――」

その時若い看護師が階段を上ってきて、饒舌《じょうぜつ》だった斉藤はふっと口をつぐんだ。

第三章　聖　域

1

「立原志史？　ああ、あいつね。憶えてますよ」

　三組の名簿の上から順番に電話をかけて、一番はじめに電話が通じ、話を聞くことができたのが小塚海斗《こづかかいと》だった。彼は直接会うのはNGだが電話でならと応じてくれた。

「令学館は初等科からあります。初等科は千代田《ちよだ》区で、大学は新宿区です。立原は中等科からで……って、親戚なら言うまでもないか。高等科も偏差値高いけど、傾向としては中等科からのやつが一番頭いいんですよ。その中でも立原は頭三つ――もっとかな――抜けてましたかね」

「小塚さんは初等科からなんですね」

　薄いスマートフォンからあふれだす自意識を牽制《けんせい》するように悠紀は言った。

「同じクラスだったのは三年の時だけですか？」

「一年の時も一緒でしたよ。最初会った時の名字は三田、でしたよね。中一の夏休み明けから立原になってた」

「志史はどんな子でしたか？」

「俺の主観が入るかもしれないけど、いいですか」

小塚はあたりまえのことを念押しして、

「中等科からのやつってだいたい二つのタイプに分かれるんですよね。内部生——初等科上がりってことですが——にやたら媚《こ》びたり真似してくるか、逆に、おまえらとは頭のできが違うんだって、はなから見下してくるか。立原はどっちでもなくて……いや、どっちかっていうと後者……でもなかったなあ、やっぱり」

小塚はそこで初めて言葉を選ぶように、

「——意識してるってことなんですよね、結局。媚びるやつも見下すやつも内部生を強烈に意識してるって点は同じなんです。立原はそれがなかった。立原を意識してたのはいつもまわりの方でした。外部生も——内部生もね。内部生って普通、外部生のことをどうとも思わないんですよ。無関心ていうか、無関心までいかない。でも立原のことだけは程度の差はあっても、みんな意識してたと思いますね」

「それは志史が頭三つ抜けて勉強ができたから？」

「それもあるけど、それだけじゃ外部生は知らないけど、内部生は意識しないですよ。たぶん立原の雰囲気……特にあの目のせいじゃないですかね」

「目……」

「立原って目立つじゃないですか。とりたててイケメンだとも思わないけど、独得の雰囲気があるっていうか。どうしてかと思ってよく見てみると、目が透明なんですよ。本当に透き通ってるんじゃなくて、そう感じるくらい冷たくて澄んでるってことですけど。あの目が立原を特別な存在にしてたんじゃないかなあ」

家庭教師をしていた時、志史に見つめられるとその容赦のない清らかさに悠紀はしばしばたじろいだ。肉体を透かして魂までも見通されるようで。

「立原は孤立してた。いじめとか無視じゃないんですよ。みんな遠巻きに意識してるっていう感じですかね。近づいたらあの目に瞬殺されそうで」

「小塚さんは志史と話したことがありますか?」

「化学の班が同じだったことがあるから、実験に必要な会話はしましたよ」

「志史と親しかった人はいましたか?」

「いや、立原に友達は――ああ、強いて言えば田村《たむら》、ですかね。田村奈緒《なお》。立原とは三年間ずっと同じクラスだったんじゃないかな」

悠紀はその名前が三組の名簿にあることを確認した。

「女性ですね?」

「そうです。ビーズとか、スワロフスキーっていうんですか、手芸アクセサリーの材料扱ってる会社の社長の孫です。図書委員長だったやつで、作文が得意で、東京都や全国のコンクールでよく賞状もらってましたね。頭はいいんだけど、すげえおせっかいなやつで、空気読めなくて、最後まで立原をクラスに溶けこませようとしてました。立原はそんなこと望んでないのに、そういう誰でも分かることがあいつには分からないんですよ。あれも一種の才能ですかね」

「田村さんは今……」

「田村は国立の女子大に行ったんです。国文科で、大学院進むみたいですね。あ、田村にも話聞きます？　なら、俺から軽く連絡しときましょうか？　あいつも初等科からだし、何だかんだいまだにつながりはあるんですよ」

「お願いできますか？」

探偵事務所での経験からこういう善意には遠慮なく甘えることにしている。

「ただ、あくまでも田村さんだけにご連絡いただきたいんです」

「ああ、そうか、立原のこと調べてる人間がいるって同窓生みんなが知るのは困るってことですね。じゃあ田村だけにそう言ってこっそり知らせときます。大丈夫ですよ。俺口堅いし、田村も信用できるやつですよ」

指定されたターミナル駅構内のカフェで悠紀は田村奈緒と会った。

先に入り口近くに席をとってコーヒーを飲みながら待っていると、「赤いセーターに黒いコート、髪はボブで前髪ぱっつんです」と事前に知らせてくれた通りの女性が時間通りに現れた。

頬のふっくりした丸顔にどんぐりまなこがくりくりとよく動く。ガトーショコラを渡すと丁寧に礼を言って受け取り、それから背筋をぴんと伸ばして、まっすぐに悠紀を見つめた。

「ただのライターの方ならお断りしたんですけど、立原くんの従兄《いとこ》にあたる方だとうかがったので」

きびきびした口調で言い、奈緒は悠紀の名刺を財布の中にしまった。

「正確には僕の従姉《いとこ》の子供が立原志史です」

「ええ、確かご家庭が複雑なんですよね。――それで、立原くん、育てのお父さまの事件で何か疑われているんですか」

「いいえ、志史にはアリバイがあります」

「よかった。本当はニュースを聞いた時からほんの少しだけ心配だったんです。育てのお父さまがすごく厳しい方だったことは聞いていたので」

「志史からですか?」

志史はそんなことをこの子にはもらしたことがあったのだろうか。

「立原くん、放課後毎日図書室に来てました。本を選ぶ三十分だけ帰宅が遅れることが許される。その三十分だけが自分の自由だって」

「志史が、あなたに、そう言ったんですか」

「図書室で立原くんが話してるのが聞こえたんです。私、図書委員でしたし、当番の時とか、そうじゃなくてもよく図書室にいたんです」

悠紀は思わず身を乗り出した。

「志史は誰と話していたんですか」

「私も気になったんです。立原くん、クラスではほとんどしゃべらなかったから。あれ、仲いい子いたのかなって。それで覗いてみたら、ほかのクラスの子でした」

「名前は分かりますか」

「分かりますよ。その子とは初等科で同じクラスだったこともありますし。高等科でも」

「教えてもらえますか。その子の名前」

「小暮くんです。小暮リツくん。リツは理想の都って書くんです」

肺の深い場所から悠紀は一つ息を吐く。小暮理都という少年が志史のかたわらにいたことは分かっていた。だから、誰かがそう言うのを待っていたのだ。

「小暮くんも目立つ子でした。単純に、容姿が。詳しいことは分かりませんが、ミックスだったんだと思います。中東系の。色が浅黒くて彫りが深くて目がものすごく大きくて。びっくりするくらい睫毛が長くて。私は綺麗だと思いましたけど、人によっては――特に小学校の頃は——綺麗より異質ってとらえるみたいです。異質なんて言ったらいけないのかもしれませんけど、すごくエキゾチックだったのは事実です。噂ではお母さまがそちらの国の方じゃないかって。お父さまは学校の行事で何度かいらしたことがあるんですけど、どう見ても日本の方で、色白で、少しずんぐりしていらして、小暮くんとは全然似ていないんです。お母さまを見た人はいないんですけどね」

「あなたの目から見て小暮くんというのはどんな子でしたか？」

奈緒は志史ではなく理都の話を聞きたがる奇妙さには気づかぬ様子で、

「そうですね、どちらかというといじめられっ子だったかもしれません。目立つ容姿で大人しかったから、からかわれやすかったんです。何を言われても小暮くんは黙って不思議そうに相手を見つめるだけでした。それがすごく大きい目で見つめるものだから、小暮くんは無自覚だったと思うんですけど、妙な迫力があったんです。相手からすれば怖いのが本音だったでしょう」

悠紀は卒業アルバムの理都の写真を思い浮かべる。一目見たら忘れられないような、夢の中にまで刻まれるような、濃密で、繊細で、憂いのある顔だ。

「怖いからまたいじめるんですね、いじめる方は。怖いってことを認めたくなくて。もちろん向こうが悪いんです。ただ、小暮くんも少し殻に閉じこもりすぎだなって感じることはありました。本が好きみたいでよく図書室にいたから、私、何度か話しかけたことがあるんです。『何の本読んでるの？』とか、『おすすめの本があったら教えて』とか。小暮くんは黙って本の表紙を見せるか首を振るだけで、すっと離れていっちゃうんです。私には小暮くんは——それから立原くんも、自分から望んで孤独でいたように思えるんです」

確かに志史にはそういう傾向があった。

志史をそうしたのはまわりの大人たちだ。

幼い志史に暴力をふるった斉木。忠彦の子供を妊娠した途端、まだ十二歳の志史の母親であることを放棄した美奈子。養子に出すことに賛同した忠彦も同じだろう——まがりなりにも六年の間は父と子であったのに。

実の祖父母であり養父母となった恭吾も高子も、志史を憎みこそしなくても、決して愛しはしなかった。志史に流れる斉木の血ゆえに。志史にはどうしようもできない父親の血ゆえに。

志史は孤独だった。

小暮理都も——孤独だったのだろうか。

「小暮くんは志史と同じクラスだったんですか」

「同じクラスになったことはないです。中等科は毎年クラス替えがあって、私はたまたま立原くんと三年間同じだったんですけど、小暮くんが一緒だったことはないです」

「じゃあ、部活が一緒とか？」

「いいえ、立原くんはどこの部にも所属してなかったです。あ……いえ、一年の最初だけは仮入部していました。クラシック音楽部に」

「じゃあピアノを？」

「さあ……正式に入部する前に退部したんです」

中学一年の夏以降——つまり立原家に行ってから青成学園に合格するまで志史は鍵盤を触らせてもらえなかった。

高校でレッスンを再開し、大学受験の時も休止せずに続けていたが——大学入試など、本来志史にとって何ら困難を伴うものではなかったはずなのだ——司法試験に集中するため大学二年でやめたと聞いている。レッスンをやめただけで、ピアノをやめたのではないのかもしれないが。

「音楽部に小暮くんがいたとか？」

「いえ、小暮くんも帰宅部でした。高等科では文芸部に入りましたけど。——私の友達で小暮くんのこと好きだった子がいたんです。だから憶えてるんですけど」

奈緒は言い訳というふうにでもなく付け足した。

「それなら、志史と小暮くんはどこで——」

「たぶん、ですけど、図書室で仲よくなったんだと思います。毎日、中休みと昼休みと放課後の三十分、図書室で一緒にいました。図書室の窓辺に座ったり、閲覧室で何か書いたり、話したりしていました。二人が一緒にいるとまるで絵のようでした。中学一年生なんてまだ――特に男の子って、背も女子の方が高かったり、びっくりするほど子供っぽかったりするんですけど、その中であの二人だけはもう子供じゃなかったんです。だからって、もちろん大人ではなくて。うまく言えませんが、子供の殻は脱皮して、でも次の殻は未完成な……」

「志史と小暮くんはそんなに仲がよかったんですか？」

「そうですね――途中までは。クラスが関係ない校外学習では必ず二人でいましたし、いつも一緒に帰っていたみたいですし。小暮くんは徒歩通学なので、バス停までってことですけど。まっすぐバス通りに出る道は通らずにわざと遠回りしていたみたいです」

「途中までというのは？」

「仲違《なかたが》いしたんです。中三の秋か冬頃だったと思います」

「どうしてそう思ったんですか？」

「図書室に来なくなりましたから」

「二人とも？」

「ばらばらに来ることはありました。立原くんが来れば小暮くんは来なくて、小暮くんが来れば立原くんは来ないっていうふうに。一緒に帰ることもなくなって」

「きっかけはあったんですか？」

「分からないです。気がついたらそんな感じで。私は立原くんが青成学園高校を受験することになったからじゃないかって。それが小暮くんにはショックだったんじゃないかって」

「そんなことで……？」

「そんなことって思うのは大人だからです。若林さんが中学生だったとして、初めてできたたった一人の親友が、何の疑いもなく同じ高校に行くと思っていたのに、違う学校を受験するって分かったら悲しくなりませんか。失望しませんか。裏切られた気持ちになりませんか」

　奈緒がたたみかける。

「立原くんにもどうすることもできないってことが頭では分かってても許せないんです。純粋で未熟だから」

「一時的にこじれることはあったかもしれないけど、卒業までそのまま？」

「そのままでしたし、卒業式には完全に決裂していたと思います。令学館の制服ってご存じですか？――淡いブラウンのブレザーで、男子はネクタイ、女子はリボンを襟元に結びます。ネクタイとリボンの色は初等科がボルドー、中等科がモスグリーン、高等科は濃いブラウンです」

「シルクなんですよね」

「そうです。私たち内部生は高等科一年の時だけ規定通り濃いブラウンをつけて――それは暗黙の決まりなんです、伝統的に――二年生からは初等科のボルドーか中等科のモスグリーンの好きな方をつけます。季節や気分で変える子もいますし、好きなどっちかで通す子もいます。もちろん中等科からだとモスグリーンしか選べないわけですけど、初等科からの子たちにもモスグリーンの方が人気です。これが一番素敵なんです。それで卒業後も大事にとっておくんです」

その話なら母から聞いたことがある。母は中等科からの入学だった。小学校は高子や篤子と同じ女子校に通っていたのだが、堅苦しい校風が合わなくて共学の令学館を受験したそうだ。

「小暮くん、卒業式の後で立原くんのネクタイを鋏《はさみ》で切り刻んだんです」

「制服のネクタイを？」

その時のことを思い出したのか、奈緒は硬い表情で頷いた。

「私、見たんです。式の後、図書室で。お世話になった司書さんにお別れに行ったら小暮くんが窓辺に立って、鋏を持って誰かのネクタイを切っていたんです」

「ネクタイって結構切りづらいと思うんですが、わざわざそういう鋏を持ってきていたんでしょうか」

「だと思います。ちゃんとした裁ち鋏に見えましたから」

「どうしてそれが志史のネクタイだと分かったんですか？　小暮くん自身のネクタイってことは？」

奈緒は生真面目な面持ちでしばらく考えて、

「本当を言うと、その時小暮くんがネクタイをしていたかどうか思い出せません。それに小暮くんは高等科の三年間、内部生で一人だけ、既定の濃いブラウンのネクタイで通していました。だから、それが絶対に小暮くんのじゃなかったとは断言できないんですけど、その時の様子からそう思ったんです。横顔しか見えなかったけど、何だか尋常じゃなかったからです。もちろんネクタイを切るって行為自体尋常とは言えないですけど、そういうことじゃなくて。大きな目の中で鋏が銀色に光って、ちょっと大げさですけど、見ているのを気がつかれたらその鋏で襲いかかってくるんじゃないかってくらい鬼気《きき》迫っていました。私、回れ右で逃げ出したんですよ。いつもなら絶対声かけるのに。自分のネクタイを切るのにあんな顔をするでしょうか。それで教室に戻ったら、立原くんはネクタイをしていなくて。ネクタイどうしたのって訊いたら、別にって。それ以上は訊けませんでした」

奈緒が淀《よど》みなく話すのを聞きながら、志史と理都は本当に決裂したのだろうかと悠紀は考えた。二人の関係がそこで断たれているなら、斉木があの建設現場で死亡したのはただの偶然なのだろうか。

いや、そんな偶然が……？

それならどこかで親交が復活した？

奈緒に訊いてみたが、それは分からないという返事だった。分からないが、もっと大人になってからならともかく、ネクタイを切り刻むようなことをして友情が戻ることは考えづらいのではないか――。

「確かにちょっと普通じゃない感じがしますね」

「小暮くんて大人しい分、内に秘めた激しさみたいなものがあったみたいです。あったっていっても、私が知ってるのはその時ともう一回――もう一回は高等科で――」

そこでわれに返ったように奈緒は言葉を切った。

「すみません。お聞きになりたいのは立原くんのことですよね」

「いえ、聞かせて下さい。どこかに志史との接点が浮かぶかもしれない」

「――さっきちょっと話しましたけど、小暮くん、高等科で文芸部に入ったんです。高等科は一年の時はどこか部活に入らないといけないから。文芸部では毎年六月と一月に校章の花《はな》菖蒲《しょうぶ》にちなんで『イリス』って作品集を出します。六月の初夏号は詩とか短い童話とかショートショートとか小品集になるんですけど、一月の新春号は気合が入ってて、みんな長い小説を書いたりするんです。それが活動のメインなんですよね。新春号は購買部でも売るんですよ。私も買ってました。文芸部には友達もいましたし。でも高一の時ある事件があって、その年の新春号は出なかったんです」

その年の文芸部員は理都を含めて七、八名いた。これは平均的な人数だという。

奈緒が文芸部の友人に聞いたところによると、正式な作品集を出す前に仮作品集を部員分プリントアウトし、部員全員が全作品を読んで、誤字脱字や表現のミスがないかなどをチェックすると同時に作品の合評会が行われるが、騒ぎはこの時に起こった。

「初等科からの内部生で同学年の杉尾蓮《すぎおれん》くんって男の子が文芸部にいたんですけど、小暮くんは杉尾くんの小説が盗作だってなじったそうなんです。それでいきなり机の上の、みんなの作品を保存したUSBと、呆然としてる全員の手から次々仮綴《かりと》じの作品集を奪って廊下に出て水道のシンクに投げこんで火をつけたんです。ライターまで用意してて。非常ベルが鳴って、もう少しで消防車が来るところでした。小暮くんは先生方に事情を訊かれても何も話さないで、一週間の自宅謹慎処分になりました。文芸部も一か月の活動停止、作品集も出してはいけないことになって。この事件の後、小暮くんと杉尾くんは部をやめました」

「実際のところはどうだったんです？　盗作だったんですか？」

「友達もほかの部員も、それが盗作だって言われてもよく分からなかったらしいです。ただ友達が言うには杉尾くんは反論しなかったし、やましそうだったたって。だから小暮くんの方が正しいんだろうってみんな思ったんです。大人しい小暮くんがそこまで言うんだからって」

「どんな小説だったんでしょう」

「杉尾くんの小説ですか？　さあ……」

「その時の文芸部員は読んでいるんですよね」

奈緒は悠紀の要求を察して、

「私の友達に訊いてみましょうか。元文芸部の」

「できればお会いして直接うかがいたいのですが」

「分かりました。ちょっと待って下さい」

奈緒はスマートフォンを取り出した。しばらくメッセージをやりとりした後で顔を上げ、

「明日の午後二時か三時頃はいかがですか」

「何時でも、どこにでも行きますよ」

「じゃあ、明日の二時にここで。私も同席するならということなので私もご一緒します。よろしいですか」

「もちろんです。助かります。あなたには手間をとらせて申し訳ないけれど」

「いいんです。私も久しぶりに愛梨《えり》に会えればうれしいし。その子、多田《ただ》愛梨さんていいます。――あの、それで、もし若林さんが小暮くんのことを調べてらっしゃるなら――」

悠紀はどきりとした。奈緒が「立原くんのこと」と言わずに「小暮くんのこと」と言ったからだ。

「――小暮くんが今どうしているのか分かったら、教えていただけませんか？　ずっと気になっていたんです。あんなことがあって、それっきりだから」

奈緒の生真面目で少し思いつめた顔を見て、理都を好きだった友人というのは彼女自身のことなのではないかと悠紀は思った。

「あんなことって、去年小暮静人氏が亡くなったこと？　それともアトリエの火事で――」

「そうでした。お父さま亡くなられたんですよね。私が言ったのは火事のことです。何だか火事が続いたんですよね、あの学校……あのあたり」

「そんなに?」

「私たちが中二の時には小火《ぼや》だったけど放火もあったし、中三の時も近くのコーポで火事があって、ご夫婦が亡くなってるんです。お子さんだけが助かって。小暮くんの家の火事は――あれは高三の二月十四日でした。バレンタインデーで、私――の友達が小暮くんに渡すチョコレートを持ってきたのに小暮くんが来なくて。私たちは最初何があったか知らなかったんです。お昼休みの後、全校生徒が講堂に集められて、校長先生から小暮くんのお宅で火事があって小暮くんも入院したっていうお話がありました。担任の先生に病院を訊いたんですけど、教えてもらえませんでした。小暮くんは命に別状はないけど当分安静にする必要があるし、ほかの入院患者さんもいるし、生徒が行くと迷惑だからということでした。それで、そのまま……小暮くんは一度も学校に来ないまま卒業式になりました」

「小暮くんは、大学には?」

「上がらなかったんです。もともと内部進学組からは外れていました。かといって推薦を受けるわけでもなく、よそを一般受験する様子もなくて……。分かりません、小暮くんが火事が起こる前に進路をどう考えていたのか」

2

悠紀は昨日と同じカフェの同じ席にいる。正面には奈緒、奈緒の隣には多田愛梨が座っていた。

愛梨はつやのある茶色の髪を胸の下までのばし、童顔にあまり似合っているとは言えない派手めのメイクをしている。ガトーショコラをはしゃいで受け取り、杉尾蓮の小説について話してくれた。

舞台は遠い銀河の遠い星。クーデターで家族全員を処刑され、年若いために死刑だけは免れて投獄された王子が牢獄の中でレーナという盲目の少女と出会い、地下活動家となったかつての親友の力を借りて脱獄、そして親友とともに革命に身を投じていく。

最終的には革命は失敗し、仲間は殺され、親友の犠牲によって王子とレーナだけが小型の脱出艇で宇宙へ逃れる。脱出艇はワープを繰り返して何万光年彼方《かなた》の「青い水の惑星」に着くように設定されている。王子とレーナは冷凍カプセルの中で手をつないで長い眠りに入る――。

「まあまあおもしろかったから憶えてるんですよ。つっこみどころはたくさんあるけど、そんなこと言ったら私のだって、みんなのだってそうだし」

愛梨は甘そうなフレーバーラテを一口飲んで、クリームのついた口元を紙ナプキンで拭いた。

「何の盗作だったのかな。聞いたことがあるようなエピソードのつぎはぎっぽいけど、具体的に何かって言われたら分かんない。小暮くんもそこをちゃんと言ってくれなきゃ。部員誰も分かんなかったんだけど、でも杉尾くんはこれで部をやめたんだから盗作って認めたってことですよね」

「小暮くんも小説を書いたんですか？」

「ううん、小暮くんはお話は書かなかったんです。短歌をつくってました。お話をまったく書かない子って文芸部ではめずらしいんです。お話も書くけど詩が中心、みたいな子はいたけど。とりあえず楽そうであんまり人とかかわらなくていい部に入ったんじゃないかな。文芸部の活動って結局一人の作業だから。美術部もそういう感じの部だけど、絵はきらいだったっぽいかな」

「どんな短歌か憶えてますか？」

「んー、私、俳句とか短歌とか全然興味なくて」

愛梨はくるりと奈緒に向き直った。

「奈緒ちゃん憶えてる？　初夏号、見せなかったっけ？」

「見せてもらってないよ。愛梨、恥ずかしいからやだって」

「そっか。最初の『イリス』は締め切りにまにあわなくて、昔書いたお話を手直しして出しちゃったんだ。奈緒ちゃんみたいなうまい人にそんなの見せるのやだもん」

「田村さんは作文がじょうずだったと聞きましたが、文芸部には入らなかったんですね」

「だって奈緒ちゃんはテニス部のエースだったんですよ」

「違うよ。私は小説なんて書けないから。審査員受けする作文とかだったら小手先で書けるけど、愛梨みたいに想像力はないもの」

愛梨はスマートフォンを取り出して愛想のよい笑顔を悠紀に向けた。

「『イリス』、探せばまだうちにあると思うんで、もしあれだったら小暮くんの短歌のページ写真撮って送ります?」

「お願いできますか?」

「いいですよ、もちろん。その代わり小暮くんのことで何か分かったらちゃんと奈緒ちゃんに教えてあげて下さいね」

「ちょっと、愛梨」

奈緒があせったように肘で愛梨をつつく。悠紀は微笑を噛み殺しながら、

「了解しました。それで、もしご存じだったら杉尾くんの連絡先を――」

その五日後、悠紀は杉尾の家の近くの店で彼に会った。

「こんにちは。杉尾です」

黒縁眼鏡の奥の表情が少し読みにくい杉尾は上質そうなウールのコートを脱いで隣の椅子に置いた。

連絡をとった時、杉尾は先に謝礼を断ってきた。自分は情報屋ではないし、謝礼目的で話すと思われるのは心外だと言うのだった。

「田村から話は聞いてます。まさか今になってあの黒歴史を掘り返されるとは思わなかったですよ。いや、盗作どうこうじゃなくて、文芸部なんかで小説書いてたっていうことがね」

青麦に似たレトロな雰囲気のコーヒー専門店で、杉尾はキリマンジャロを注文した。

「正直、あれを盗作っていうのかは疑問です」

悠紀が質問を投げかける前に、杉尾は問わず語り的に話しはじめた。

「実は去年、祖母を家で看取ったんです。介護の人を雇って、祖母が亡くなるまで半年くらい住みこんでもらってたんですけど、前に家政婦をしてた家の息子も令学館だったって言うんです。それがよくよく聞いてみると小暮のことだったんです。小暮の母親って銀座《ぎんざ》の高級クラブのホステスだったらしい。売上げ的にはナンバーワンじゃなかったけど、顔はクラブどころか銀座で一番て言われるほど美人だったらしいですね」

「中東系の方だという話を聞きましたが」

「あ、実は僕もそれ確認したんだけど、日本人です。小暮は父親が中東系なんでしょうね。いや、小暮静人氏じゃなくて。誰も言いませんでしたか。小暮は小暮氏の実の息子じゃないんです」

「初めて聞きました」

「そうか。さすがの田村も知らなかったんだ。小暮氏が小暮の母親目当てでクラブに通いつめていた時……何かへんですね、この言い方」

「そうですね。静人氏、万里子さんと言った方が分かりやすそうです」

実名を出すと、杉尾は共犯者のような表情を浮かべて頷いた。

「それでいきましょうか。静人氏が万里子さん目当てでクラブに通いつめていた時、万里子さんにはもう子供が――小暮が――いたわけです。静人氏はそれを承知で万里子さんにプロポーズした。あんなことがあったのにすごいですよ」

「あんなこと？」

「僕は小さかったですが、あなたなら記憶にあるかもしれない。十八年前のクリスマス、銀座のクラブに勤める女性が自宅前で顔に硫酸《りゅうさん》をかけられたって事件、知りませんか」

「記憶にないですが、まさかそれが万里子さん？」

「そうなんですよ。万里子さんは、左か右か忘れましたが顔半分にひどい火傷を負って。半分はとても綺麗ですが、半分は――」

「ひどいことをするやつがいるんだな」

「整形を繰り返して少しはどうにかしたらしいですが、元通りには……なかなか」

「犯人は？」

「つかまらないまま時効を迎えたんです。ストーカーか、客を奪われた同僚の嫉妬か、夫を寝取られた妻の復讐か、美女を狙った通り魔か……」

杉尾は誰かにこの情報を伝えたくてうずうずしていたのかもしれないと、レンズの向こうの虹彩に躍る嬉々《きき》とした色を見つめて悠紀は思った。

それでこうやって会って話を聞かせてくれるのなら好都合と言えるのだ。自分がそれを不快に感じるすじあいはない。

「万里子さんて人はずいぶん気まぐれで感情的だったようです。小暮はそういう万里子さんや義理の父親になった静人氏や、花村《はなむら》さん――家政婦の名前です――にも気ばかりつかってる優しい子供だったと聞いてます。ただ、小さい頃は内気ではあっても明るさもある子だったのに、途中で変わったって」

香り高いコーヒーが運ばれてくる。杉尾はブラックのまま、うまそうに口をつけた。眼鏡のレンズが軽く湯気で曇《くも》る。

「僕も感じましたね。小暮が途中で変わったことは」

「途中っていつ頃ですか？」

「五年生くらいですね。小暮とは初等科では六年間同じクラスだったんですが、小暮はクラスの中心にいるタイプじゃなかったけど、同じようなもの静かなタイプの友達と一緒にいて、その中ではよく笑っていました。それがいつのまにか笑わなくなって。その頃から一人でいることが増えて」

途中で変わったのは志史も同じだ。

「小暮は実の母親の万里子さんより静人氏になついていて、家にいる時は静人氏のアトリエにいることが多かったようです」

「火事で焼けたアトリエ？」

「そうです。庭の離れ。静人氏は代々所有する不動産がもたらす不労所得で暮らしていて、趣味で絵を描いていたそうです。小暮をすごく可愛がって、絵のモデルにもしていた」

「杉尾くんは小暮くんとは親しくならなかったんですか？」

「異端者同士――僕はそう思っていたんですけどね。誰も僕を理解できないけど、小暮となら分かり合えるんじゃないかっていう幻想を持っていたんです。中等科でも同じクラスになったのが内心うれしくてね。でもそんな時あいつが――ああ、失礼、立原志史くんが登場して」

本来志史は「あっち側」の人間のはずだと杉尾は言った。「あっち側」で中心に立てる人間。「あっち側」で求められる人間。それなのにあえて「こっち側」にいる。それが業腹《ごうはら》だった、と。

「失礼を承知で言いますが、だから僕は彼がきらいだったんです。『あっち側』に行きたくて行けなかった僕からすれば、小暮は『同志』だけど立原は許せなかった。おまけに立原は僕の聖域と言っていい場所に入りこんできた。中休み、昼休み、放課後……僕が図書室に行くといつも彼がいました。これも失礼を承知で言いますが――」

「いいですよ。いちいち断らなくて」

「そう言ってもらえると話しやすいです。ほかではそうでもないんですが、図書室で彼を見かけるといらいらしました。利用するのはかまいませんが、毎日毎日現れるのが不愉快でしたね。もちろん僕の身勝手な感情です。図書室は僕専用ってわけじゃないですしね。でも、思ってしまうのはどうしようもないですから」

杉尾はこぶしを口元にあてて少し笑った。

「滑稽な話なんですがね、実は、これを機会に小暮に話しかけてみようかなと思ったんです。脳内で勝手に小暮を同志と見なしていた僕は、小暮も僕と同じで彼の出現を苦々しく思っているに違いないと決めつけていたんです。何であいついるんだろう、目ざわりだよね。そんなことを言い合えたら溜飲《りゅういん》が下がるし、それがきっかけで小暮との距離を縮められるかもしれないなんて妄想したわけです。それなのに――あれは中等科一年の十月です――風邪で学校を休んで三日ぶりに学校に行ったら、図書室で彼と小暮が親しそうにしていた。その時の僕の気持ちって想像できます？　誤解を恐れずに言えば告白する前に失恋みたいな。それからは彼らの蜜月ですよ。窓辺で顔をよせてしゃべっていたり、図書室とつながった閲覧室で、ノートを広げて二人で何か書いていたり」

「ノート……」

二人の名前が記されていた、あの淡いグリーンのノート。

「打ちのめされましたね。何にって、そうやって二人でいると小暮は彼と並んでもまったく見劣りしないことに気がついたからです。やっと分かったんですよ。要するに彼らのようなのが『異端』なんだって」

異端という言葉を杉尾はことさらに意味ありげに、注意深く発音した。

「その時の僕が考える『異端』ていうのは神に選ばれたみたいに特別であることの別称だったんです。それでいくと僕なんかただの劣等者にすぎない……いや、さすがに今はそんなひがんだ考えはしてません。凡庸で、結局そこそこ恵まれている自分と折り合いをつけているし、『異端』なんてものに妙な憧れを抱いたりもしていませんけどね。ただ、あの頃は自意識が強すぎて——誰だってそういう頃じゃないですか——幻想と現実の齟齬《そご》が架空の劣等感を生み出していたんです。それで、どうしたかっていうと、嫉妬したんです。立原と小暮に。彼らの関係性に。彼らがそこにつくりだす空気感に。二人きりでガラスの森にいるみたいな……ね」

「ガラスの森、ですか」

「今の僕の感想じゃなくて、その時にそういうふうに思ったってことです」

「分かりますよ。志史のそういう雰囲気は。僕は志史が中学の時に家庭教師をしていたから。学校のことも自分のことも何も話してくれない子でしたが」

何も話してくれない――本当にそうだろうか。そう決めつけて、僕がやくたいもない話しか振らなかったのではないだろうか。

「やめようと思ったんですよ。もう図書室に行くのは。本が読みたいなら図書館に行けばいい。この近所にだってあります。でも、やめられなかった。僕は放課後の図書室に通い続け、彼らを見続けたんです。ストーカーと言っても過言ではないかもしれない」

そして杉尾は奈緒も触れた小火の話をした。彼らが中等科二年の十一月下旬のことだ。初等科入試に落ち、数年間の海外生活後、中等科の帰国子女枠の編入試験にも落ちた児童の母親が、学校のトイレに侵入して火をつけたのだ。

黒煙が上がって、非常ベルがけたたましく鳴り、緊急放送では教頭が「校内に残っている生徒は速やかに避難を」と悲鳴のように繰り返していた。

「非常ベルの音って心臓に悪いですよね？　女の子なんかきゃあきゃあ言ってました。司書が大声で呼びかけて、そこにいた生徒たちと一緒に廊下に飛び出して行きました。僕は閲覧室にいました。立原と小暮がそこにいたからです。彼らはいつものようにノートを広げて何か書いていました。僕も出て行こうとして、ふと振り向いたんです——彼らを。彼ら、どうしたと思います？」

——やおら、ノートを閉じ、立ち上がって、扉と反対の窓の方へ並んで歩いて行った——。もったいぶったせりふを聞きながら、悠紀にはその情景が——二人の少年の姿が——逃げ水のように遠く浮かんで見えた。

「冷静な彼らのことだからどうせ誰かが悪戯《いたずら》で押したか、非常ベルの故障だと高をくっていたんでしょうか？　僕は違うと思います。本当の火事だとしても逃げる気なんかさらさらなかったんです。むしろ炎を待ち望んでいたのかもしれない」

校舎の三階の図書室の窓は校庭ではなく公道の側に向いていて、学校を取り囲むメタセコイアの木立が迫っているのだと杉尾は言った。

メタセコイアは楓《かえで》のように真っ赤にはならず、沈んだ赤茶色に紅葉する。図書室の窓の外の木々もちょうどそんなふうに色づきはじめていた。

「メタセコイアの木立に向かい、立原はノートを脇に抱えて、小暮は窓枠に手をかけて……そこだけに永遠が降臨しているようでした。何て言ったらいいんでしょうね。あの刹那、僕の胸でざわついたものを。彼らの後ろ姿は神聖ですらあって。窓が開いていたのかな、少し髪がなびいていて。まるで世界の滅亡を待っているようで……まるで……」

杉尾のまなざしが眼鏡の奥で滲《にじ》む。杉尾の目は悠紀を見てはいなかった。九年前の図書室の窓辺を見つめているのだ。

　悠紀はその目が現実に戻るのを黙って待っていた。

「――何が言いたいかっていうと、ノートの話です。死ぬかもしれない時も立原が手放さなかったノート。あれ以来、僕は彼らのノートが気になってしかたなくなってしまった」

「どんなノートでしたか？」

「一般的な大学ノートとかみんなが持ってた校章入りのノートじゃなくて、ちょっと高そうなノートです。薄い緑色の。彼らは自分たちがまわりに興味がないからか、まわりも自分たちに関心がないと思いこんでいたふしがあるんです。あんなに目立っていたのにね。秘密主義なわりにノートを机に置いたまま無防備に閲覧室の席を立つことがあった――短い間ですが。僕は本を読むふりをしながら彼らを見張り続けました。ズボンのポケットにカッターをしのばせて」

　杉尾はカッターをにぎるしぐさをした。

「執念深いですよね、僕も。そうやってチャンスを待って、実行したのは三年の五月でしたから。ノートを置いて本棚の方へ立った彼らが本を探すのに手間取っているのを見て、今しかないって」

「何をしたんですか？」

「たいしたことではありません。ノートをめくって適当なページをカッターで切り取ったんです。本当に適当なページを」

「そこに何が書いてありましたか？」

「よく分かりません。彼らはおそらく小説を書いていたか、書こうとしていたんでしょうね。その設定の一部というか、断片のようなものです。盲目の少女がどうのこうのって」

「盲目の少女……レーナ」

「多田から聞きましたか？　僕があの時書いた小説の主役はタ－ロスとレーナ。タイトルも『ターロスとレーナ』です。さすがに恥ずかしいですね。最大の黒歴史かな」

「アナグラムですね」

杉尾蓮は照れたように頭をかいた。――蓮《はす》――ロータス――ターロス。少々あからさまだ。

「ノートに書いてあった名前はレーナではなくレイナだったかもしれません。レイナ――盲目、天使。そんな感じでした。僕が拝借したのはそこだけです。あのページだけじゃ彼らがどんな小説を書こうとしていたのかなんて分からないし。帰りに駅のゴミ箱にまるめて捨てたんで、細かいことを憶えていたわけじゃないんです。僕が小暮に責められるままだったのは後ろめたかったからです。事実、小暮はノートの中身を見られてページを切り取られたことを怒っていたんであって、盗作うんぬんていうのは怒る口実にすぎなかったんでしょう。いくら関心がなくても視界の片隅には僕の姿が入っていたでしょうし、僕の小説を読んで、ノートを切り取った犯人が分かったんでしょう。あの時、非常ベルさえ鳴らなければあんな大騒動にはならなかったんですが」

「ありがとう、よく分かりました」

「非常ベルが鳴った時、小暮が妙になつかしそうな表情を浮かべたのが印象に残っています。立原のことを思い出していたんでしょうね。絶交したまま別れた親友を」

「――絶交、ですか」

「絶交って、なつかしい言葉じゃないですか？」

「ええ、確かに」

初めて杉尾の言葉に共感できた。

「本当に絶交したんですか、小暮くんと志史は」

「したでしょうね」

「いつ？」

「三年の二学期の終わりです」

ストーカーを自称するだけあって杉尾はこまやかに記憶していた。

「そういえばその頃学校の近くで火事があったけど……まあ、それは関係ないですね」

「絶交の理由は何だったと思いますか？」

それほど執念深く二人を観察していたなら、何か杉尾だけが気づいたことがあるかもしれないと期待したのだ。だが杉尾は顔を横に振った。

「何だったんでしょうね。少なくとも僕は彼らが諍《いさか》いをしているのを見たことはありません。殴り合いはもちろん、口論をしているところも。ある日いきなり接触しなくなった、それだけです」

「志史の受験が原因だと言っていた人もいましたが、どう思いますか？」

「それは違うと思いますね。そんな子供じみたことじゃないでしょう。彼らは非常にデリケートな面があったと思うから、彼らにしか分からない何かがあったんでしょうね」

最後に花村の連絡先を問うと、今は分からないが家に帰って祖母の葬儀の際に使った香典の台帳をひっくり返せば分かると言う。ＬＩＮＥに送ってもらうことを約束し、もう一杯飲んでいくという杉尾を残して悠紀は席を立った。店の常連らしい杉尾の好みのコーヒー豆を土産に渡してもらうようにレジで頼み――このくらいなら受け取ってくれるだろう――すべての会計をすませた。

第四章　少　女

1

その弾むような小太りの女性は息を切らして、約束の時間より七分遅れて現れた。ＪＲ中央線中野《なかの》駅のロータリーに面した、明るく広い喫茶店の奥のテーブル席だ。

「花村真澄《ますみ》です。すいませんねえ、近くまで来てもらったのに遅くなっちゃって」

「いえ――」

悠紀が立ち上がって頭を下げかけたのを花村は大仰《おおぎょう》に手を振って制し、

「手帳を探してたんですよ。小暮さんのお宅にお勤めしてた時の。今日は何の食材を買ったとか、お夕食のメニューとか、仕事のメモなんですけどね。ちょこちょこ余分なことも書きこんでいるから、何かの役に立つと思ったの」

もこもこしたジャケットを脱ぎ、脱ぎながら運ばれてきた水を飲み、飲みながら氷抜きのオレンジジュースを注文し、注文しながら布製のトートバッグに手を入れ、葡萄《ぶどう》色の手帳を取り出して、悠紀の向かいに腰掛けながらさしだした。

「どうぞ。見てもらって大丈夫よ。よかったらお貸ししますよ」

「――若林悠紀です、今日はわざわざ――」

「いいの、いいの。作家さんなんですって？」

「いえ、フリーのラ――」

「お若いのねえ、学生さんみたい」

花村はつぶらな瞳を興味津々というふうに輝かせた。悠紀はいつものガトーショコラに謝礼を包んだ封筒を添えて手渡した。

「あら、うれしいこと！」

「小暮家にはいつから、どのくらいいらっしゃったんですか？」

「かれこれ二十年いたかしらね。あれは私が三十八の時だから、二十二年前――あら、年がばれちゃう。静人さんのお母さまが肝臓を悪くされて、自宅療養をなさるって時に紹介所から私に声がかかったの。ほら、私、看護師の資格があるものだから。それで静人さんのお母さまの看護人として小暮さんのお宅に入ったわけだけど、家事専門でしてた方がそろそろ高齢でおやめになりたいって言って、静人さんのお母さまが亡くなられてからは家政婦としてお勤めするようになったの。週五日の通いで」

「静人氏はお仕事――」

「美術の雑誌に評論なんかを書いてらしたの。そりゃ、それだけで食べていけるようなものじゃなかったかもしれないけど、あの方はね、美大を出て、パリとフィレンツェだったか、留学経験もおありで――あ、こっちこっち。ありがとね」

花村は待ちかねたようにストローに口をつけて、注文通りの氷なしオレンジジュースを一気に半分吸い上げた。

「静人氏が結婚した時は――」

「あれはお母さまが亡くなられた次の年で、静人さんは三十六歳、万里子さんは確か二十九、理都ちゃんは五つ……そりゃ可愛いぼっちゃんで、父親は何とかいう国の王族だからこの子は王子なのよって、万里子さん自慢してらしてね。嘘か本当か知りませんよ。でも理都ちゃんは本当にまるでアラビアンナイトの絵本から抜け出したようでねえ」

「万里子さんは――」

「そりゃお綺麗でしたよ、左のお顔は。華やかなのに儚《はかな》げで。でも右のお顔は……ねえ、お気の毒に」

花村は身を乗り出して声をひそめた――最初だけ。

「ここだけの話、私は静人さんが万里子さんと結婚したのは理都ちゃんのためだったと思ってるの。万里子さんはもうそれまでの仕事はできないでしょ？――銀座のうんと高いお店のホステスさんだったのよ――ちっちゃい理都ちゃんはどうなるのかって、考えられたと思うの。万里子さんがじゃなく静人さんが、ですよ。理都ちゃんのことは結婚前から可愛がって、万里子さんがまだあんなことになる前にはディズニーランドに連れてってあげたこともあったみたいなの。静人さんはとてもお優しくて、ただちょっと気が弱いっていうか、お父さまの血なんでしょうかしらねえ、お母さまの方が小暮家のお嬢さまで、お父さまは婿養子で、尻に敷かれていたから。万里子さんていうのは反対に気の強い人で。気っていうか、我《が》。そりゃね、静人さん、お世辞にも美男子じゃなかったですよ。背が低くて、太めで——太めっていっても私くらいだからたいしたことないの——髪の毛がちょっと薄いこともご本人は気にしてらしたわねえ。だけど外見なんて一番どうでもいいことじゃない？　第一それを言ったら万里子さんの傷……あら、やだ」

花村はさすがに自制して言葉を切り、ストローに口をつけた。

「私は静人さんの結婚生活が不幸だったなんて思ってるわけじゃないの。だって理都ちゃんがいたから。血のつながりがなくても静人さんは本当に理都ちゃんを可愛がってらしたもの。理都ちゃんも『おじちゃんおじちゃん』ってなついて。学校の行事に参加するのも静人さんでしたよ。記事を書いていた雑誌が廃刊になってから——それだってまったくお困りにならないから——アトリエで絵をお描きになる時間が増えたけど、そんな時は必ず理都ちゃんに声をかけて。理都ちゃんはご本が好きだから、ご本を抱えて静人さんのあとについていくんだけど、その時に必ず万里子さんの方を振り返るの。『ママは来ないの？』って訊くみたいに。その様子がけなげでねえ」

「万里子さんは――」

「『シッ、シッ！』って、手で追い払うのよ。それもわざと右の顔を向けるの。そんな時、静人さんは黙って優しく理都ちゃんの手をとるの。だけど本当のパパじゃないから、どうしても甘えきれなかったところはあると思うんですよ。理都ちゃん、本当はお休みの日はどこかに遊びに行きたかったんじゃないかしら。でも静人さんはお出かけになることはあんまり……そりゃあ銀座には通ってたわけだけど、あれは別だものねえ。静人さんは一日中アトリエから出ていらっしゃらないこともあったくらいで。あそこはベッドもトイレもシャワールームもあるから」

「理都くんは何か途中で変わったというような――」

「ええ。小学校の高学年くらいになると自分のお部屋にいることが多くなって、それでもよく静人さんにアトリエに呼ばれてモデルをしてましたよ。絵心をかき立てられるんでしょうねえ。私だって絵が描けたら理都ちゃんを描きたいと思いますもの――私が描いたら古代の壁画みたいになるから描きませんよ。そうそう、変わったっていえば万里子さんへの態度ね。万里子さんはあいかわらずでねえ、理都ちゃんはあきらめたんでしょうよ。悲しそうに万里子さんを見たりはしなくなって。だからって乱暴な言葉を吐いたり反抗的な態度をとったりってことは全然ないの」

「中学の時は――」

「中学生の頃は一緒に帰るお友達がいて、何度も二人で下校しているのを見ましたよ。大人っぽくて、不思議な雰囲気のある子でしたねえ。おうちに連れてくることは一度もなかったの。遠慮してたのよね。静人さんにも万里子さんにも」

花村は濁音《だくおん》を立ててオレンジジュースを吸い尽くした。

「アトリエの火事のことを訊きたいんですが」

その隙に、悠紀はやっと最後まで質問を口にすることができた。

「ああ、あの火事ね。さっきの手帳を見てもらうと分かるんだけど、ちょうど四年前の今頃――」

悠紀は小さくて分厚い手帳をめくった。

「二月十四日、ですね。午前六時半に静人氏から電話……？」

「そうなの。お布団の中で目を覚ますか覚まさないかって頃にお電話があって、こんな早くに何かと思えば火事で理都ちゃんが重体だって言うじゃないの。もうびっくりして病院に飛んでったの。新宿の乾総合病院。ここからだとわりと近くて助かったわ。静人さんはそりゃ動揺なさって、というかほとんど狂乱状態で、万里子さんの姿は見えないし、こんな時に実の母親が何をやってるのかってあきれてたんですよ、私は。まさか生死の境をさまよっていたなんてねえ。燃え崩れた天井が降ってきて頭を打ったってことだけど、全身火傷で……。去年静人さんが亡くなられた時に理都ちゃんに訊いたけど、あれからずっと昏睡状態が続いているとか。亡くなったとは聞かないから、今もあのままなのよね。こう言っちゃあれだけど意識が戻らなくて幸いじゃないかしら。いたましいのは理都ちゃんですよ。万里子さんを助けようとしてあんなことに……」

「理都くんも三週間入院していたそうですね」

「そうなの。ここだけの話、顔の左側、目の下から頰、顎《あご》、鎖骨《さこつ》のあたりまでケロイドになって。静人さんの嘆きようといったらなかったんですよ。あべこべに理都ちゃんの方が静人さんをなぐさめていたくらいで。私は毎日病院とお屋敷を行き来して、汚れ物を持ち帰ってお洗濯したり、お屋敷に風を通してお掃除したり、お弁当をつくって静人さんに届けたりしたの。理都ちゃんから片時も離れないんだから、静人さん」

「あの火事は万里――」

「万里子さんの自殺未遂だったの、ここだけの話」

何回目の「ここだけの話」か、花村はまた声をひそめるふりをした。

「静人氏の浮――」

「浮気のわけないじゃないの。ほとんど外出なさらないのにどうやって浮気なんか」

「確かにそう――」

「大きな声じゃ言えませんけどね、静人さんに頼まれて口裏を合わせたんですよ。なるべく万里子さんに同情がいくように静人さんが悪者になったの。万里子さんのためじゃなく理都ちゃんのためにですよ。実の母親が後ろ指をさされるより義理の父親が世間の非難を浴びた方がまだましってことなのよ。ねえ、本当にお優しいんだから」

「じゃあ、絵は――」

「理都ちゃんの絵ですよ。そればっかり描いてらしたから。拝見したことはないんですけどね。静人さん、アトリエに人が入るのをきらって、お掃除もご自分でなさってて。私がお屋敷をやめる時には記念に一枚くらいいただけるんじゃないかと思ってたのに、全部燃えちゃって……あら？　違うわね、確か一枚だけ……。そうそう、画商の方がアトリエを見にいらしたことがあって。静人さんて方は、絵はあれだけど、評論の方では名前を売ってらしたから、その関係で。――ああ、思い出した。京言葉を使われる方だったわ。静人さんもいくつかお見せになったみたいで、その方は一枚だけ買われたの。売れたのに、なぜだか静人さんちっともうれしそうじゃなくて。手放すのは淋しいものだよ、なんておっしゃって」

「万里子さんが火をつけたのを誰か見た人はいたんでしょうか。理都くんだけ？」

「だって夜中の三時でしょう？　宵っぱりの理都ちゃんはご自分の部屋でまだ起きていて、何か気配っていうか妙な感じがして窓の方を見たら、カーテンに赤い異様な明かりが透けて見えて、何事かと開けたらアトリエが燃えてたって。アトリエの窓に人影が見えて、シルエットで万里子さんだって分かって――」

理都の部屋は二階にあり、その窓は庭に面している。アトリエの異変に気がついた理都は部屋のドアを開けて叫んだ。

「父さん！　火事だ！　早く、消防車！」

階段を使ったらまにあわないと判断し、部屋の窓近くまで枝をのばしている木を伝って庭へ下りた。樹皮に傷つけられた理都の手は血だらけだったという。

アトリエの窓は嵌め殺しで、ドアには鍵が掛かっていた。理都はドアに何度も体当たりして壊し、ひどい打ち身をつくった。

消防と警察の捜査でもアトリエの中から火がつけられたことは間違いなく、特にキャンバスが一か所に集められており、焼け方もひどく、そこが出火点と思われた。

万里子以外の人物がアトリエにいた可能性はない。

アトリエのドアには内側から掛ける鍵と外側から掛ける鍵が別々についていたが、外側の鍵は少し前から壊れていた。「直さないとな」と言いつつも、特に問題もないので静人は修理を急がなかった。

つまり、ドアに鍵を掛けることができたのはアトリエの中にいた万里子だけなのだ。放火犯がアトリエの中にいたとしたら、その人物は理都に見咎《みとが》められずに逃げることはできない。

「キャンバスにはスピリタスっていうお酒がかけられていたそうですね」

「そうなの。ここだけの話、万里子さんがデパートの外商に持ってこさせたの。お庭に柚子がたくさん生《な》ったから柚子酒をつくるっておっしゃって、一ダース。スピ何とかってすごく燃えやすいそうじゃない？　ほとんどアルコールそのものなんですって？」

「たとえばですが、静人氏が火をつけた可能性はないでしょうか」

「静人さんが大事な絵を燃やす理由がありますか？」

花村は案外冷静に問い返した。

「大事な絵だから燃やすはずがないというのを逆手にとって、万里子さんを殺そうとした、という可能性はなかったんでしょうか」

「私は静人さんて方をよく知ってますからねえ、そんなことあり得ないのは分かるけど、あの時も同じようなことを警察に訊かれたの。だから私も同じことを言うと、確かに相手が静人さんなら理都ちゃんはかばって嘘もつくでしょうけど、あの静人さんがアルコールまみれのところに火をつけて機敏に逃げられるとは思えないわねえ。しかも無傷で」

「無傷だったんですか」

「理都ちゃんか静人さんがどうにかそれだけはしたんでしょう、消防士さんたちが到着した時にはお庭のスプリンクラーが水を撒いていて、ずぶ濡れで気絶している理都ちゃんと瀕死の万里子さんのそばで、静人さんは寝間着姿で腰を抜かしていたそうなの。寒い中濡れたから鼻風邪をひかれたけど、それだけですよ」

そこまではきっぱり言って、それから花村はふうっとため息をついた。

「ただねえ、ここだけの話、動機がないとは言えなかったの。ひどいですもの、万里子さんのなさりようは。これは警察にも話さなかったけど――できていたのよ、お舅《しゅうと》さんと」

「お舅って――」

「お舅さんていったら静人さんのお父さまに決まってますよ。ほら、婿養子の」

「ご存命だったんですか?」

「ご健在でしたよ。私、静人さんのお母さまが亡くなったとは言いましたけど、お父さまが亡くなったとは言ってませんでしょ?」

　確かにその通りだ。

「お名前は洋一《よういち》さんておっしゃるの。太平洋の洋に数字の一」

「同居していたんですか?」

「あれほどのお屋敷だもの、わざわざ別居する必要もないでしょ。洋一さん、お元気だったのよ。静人さんのお母さまとは大学の同級生で、学生結婚なさったそうで――ていうのもね、静人さんのお母さまのお父さまが癌《がん》で、亡くなる前にどうしても花嫁姿を見せたかったそうなの。洋一さんは堅実な方で、あんな資産家の婿養子になられたのに、ずっと高校の音楽の先生をされてたの。定年後も嘱託《しょくたく》で。ええ、あの火事の時まで。そのへんが生まれながらのおぼっちゃんの静人さんとは違うところで。それでかしらねえ、定職につかない静人さんとの折り合いはよくなかったのよ。外見も似ていなくて、ちょっとバタくさい美男子でしたよ」

「どうして万里子さんと――」

「左側は万里子さん本当にお綺麗でしたもの。右のお顔があんなことになったのを不憫に思われたんでしょう。静人さんが淡白で、結婚以来ほとんど夫婦生活がないらしいことにも……寝室が別だったんですよ……きっと同情なさって。どっちからどうなんて知りませんけど、そんなこんなでいつのまにやら。うんと年上だから万里子さんのわがままも可愛かったんでしょ。結構真剣だったんじゃないかしら」

それだけ分析できればじゅうぶんだと悠紀は思った。

「そうはいってもねえ、息子の嫁でしょ？　義理の娘だもの、とんでもない話よ。そりゃあ隠してましたとも。洋一さんはもちろん、いくら万里子さんだって大っぴらな態度は見せませんよ。でも分かりますよ。分かるの。そういうのはね。静人さんだって、理都ちゃんだって」

「火事の時、洋一さんはどうしていたんですか？」

「洋一さんは不眠症ぎみだったの。あの晩は睡眠薬をかなり飲んでおやすみになって、夢うつつには騒ぎを聞かれたみたいだけど、お起きになれずにお昼まで寝ていらしたそうなの。お庭から遠いお部屋だったし」

「念のためにうかがいますが、洋一さんが犯人である可能性は？　たとえば万里子さんへの愛情が醒《さ》めて——」

「それじゃ何ですか、逢引きだと偽ってアトリエに呼び出して？」

「心中を持ちかけて自分だけ逃げたとか」

「それだったら逃げるところを理都ちゃんに見られているし、理都ちゃんが洋一さんをかばうかどうかは微妙ねえ。洋一さんは理都ちゃんを可愛がっていらしたけど、万里子さんと不倫して静人さんを苦しめていたわけだから」

「洋一氏は今どうしているんですか」

「火事の後老人ホームに入られたの。よっぽどショックだったんでしょう。あっというまに認知症が進行しちゃって」

「万里子さんが放火した動機は何だったんでしょう」

「私が思うにはね、硫酸の事件があってから、内心ではずっと死にたかったんじゃないかってことなの。生活のために愛してもいない相手と結婚したわけじゃない？　洋一さんとの不倫はそんな中でのちょっとした気晴らしで、万里子さんの方は愛情があったわけじゃなかった。それで理都ちゃんが高校三年生になって、あと一か月で卒業っていう時に、何か糸が切れてしまったんじゃないかって、そんなふうに思うの」

「でも、どうして理都くんの絵を」

「それだけ静人さんを恨んでたのよ」

「それってすじ違いじゃ……」

「幸せにしてくれなかったでしょ？　すじ違いだろうと何だろうと女ってそんなものよ。私だってこう見えて女だもの、万里子さんの気持ちが全然分からないわけじゃないんですよ」

花村は妙にしみじみと頷いて、

「私は理都ちゃんの退院前にお暇《いとま》をいただくことになったの。静人さん、理都ちゃんと水入らずで静かにお暮らしになりたかったのね。気がかりだったけど、理都ちゃんの容体も落ち着いたし、所詮よそ様のお宅だもの。静人さんのことはニュースで知って、もうびっくりして理都ちゃんにお電話したら、香典、弔問《ちょうもん》は固く辞退する、皆さんにそう言ってるって。ここだけの話、お葬式はなさらなかったの。理都ちゃんだけでひっそり荼毘《だび》に付したそうなの。お骨は小暮家代々のお墓に。相続はそりゃあたいへんなことだったと思いますよ。浮世離れして何にも分からない静人さんの代わりに高校生の頃から理都ちゃんがよくお勉強して、資産の管理や税金のことは全部やってらしたから、きっとうまい具合にやったでしょうけどねえ」

2

小暮理都　二十二歳　無職
〈家族〉

父——不詳　アラブ系王族？

母——万里子　銀座の高級クラブのホステス時代に小暮静人と知り合う。何者かに硫酸をかけられ顔の右半分に火傷（未解決のまま時効）。静人と結婚。

四年前の二月十四日、自宅敷地内のアトリエに火を放ち自殺を図るも理都に助けられ未遂に終わる。動機は不詳。現在まで西新宿の乾総合病院にて昏睡状態。

養父——静人　美術の雑誌に評論などを寄稿していたこともあるが定職は無し。自宅アトリエで理都をモデルに絵の制作に没頭。

昨年の八月十三日、自宅浴室で溺死（事故死と断定）。

養祖父——洋一　万里子と不倫関係にあった。元高校の音楽教師。認知症を発症し現在は老人ホームに入居。

〈年譜〉

五歳　母の結婚。小暮静人の養子になる。

令学館初等科入学・卒業

令学館中等科入学

一年　立原志史と知り合う。

志史と交流を深める。

二年　十一月　令学館中等科放火事件。

三年　十二月　志史と決裂。
　　三月　卒業式後、図書室で志史の（?）ネクタイを切り刻む。
令学館高等科入学
一年　文芸部に入部。
　　冬　文芸部盗作事件。仮作品集とUSBを燃やす。
三年　二月十四日　午前三時頃、自宅アトリエで火災発生。母万里子が昏睡状態になり、
　　　自身も大火傷を負う。
　　三月　卒業（学校欠席のまま）。
二十一歳〜二十二歳（高校卒業から四年目の年度）
昨年　八月十三日　午前一時〜二時、小暮静人自宅浴室で溺死。
　　十一月十日　午前五時〜五時三十分頃、立原恭吾絞殺される。
今年　一月二十二日　午後十一時、理都が建築主であるマンションの建設現場で斉木明
　　　が転落死。自殺と断定。恭吾殺しの犯人は斉木であり、被疑者死
　　　亡により不起訴——
　そこまで打ちこんで悠紀はキーボードから両手を離した。パソコンの横に置いていたマグカップをとり、ぬるくなったコーヒーを飲む。甘味が欲しくてグラニュー糖を入れたのはい

いが、多すぎたようだ。

――小暮理都――。

語られたエピソードが結ぶ少年像はどこかバランスが壊れていて、どこか志史に似ている。硫酸をかけられて美貌に凄惨な傷を負った母親。血のつながらない養父。屋敷内での母と養祖父の不倫。実の父親は外国人で誰かも分からず、世間が向ける目は「ホステスの私生児」。歪んだ家庭環境の中で傷つけられてきた理都は家庭の外においてもいわれのない差別を受けてきたことだろう。また、そのあまりに異国的な風貌は学校という閉鎖的集団の中で理都を孤立させた。

その孤独が志史のそれと共鳴したのだろう。怒りと悲しみを分かち合うように、かたくなな心を許し合ったのだろう――たがいに、たがいだけには。

固く結ばれたその糸が、なぜ断たれたのか？

中等科三年の十二月、二人に何があった？

ボイスレコーダーを操作し、奈緒との会話からその部分を探して再生する。

「……初めてできたたった一人の親友が、何の疑いもなく同じ高校に行くと思っていたのに、違う学校を受験するって分かったら悲しくなりませんか。失望しませんか。裏切られた気持ちになりませんか……」

「……頭では分かっててても許せないんです。純粋で未熟だから……」

適当に早送りしながら聞いていると、火事のくだりにきた。

「……放火もあったし、中三の時も近くのコーポで火事があって、ご夫婦が亡くなってるんです。お子さんだけが助かって……」

この火事のことは杉尾も言及していた。二人が「絶交」した時期と重なる、と。年度や町名、夫婦死亡などのキーワードを入れて検索すると八年前の十二月の新聞記事が見つかった。

〈1日午後十一時頃、文京区××の木造アパートから火が出ていると近所の住民から通報があった。火はおよそ二時間後に消し止められたが、二階の一室約二十平方メートルが焼け、焼け跡から男女二人の遺体が発見された。遺体はこの部屋に住む寺井玲美《てらいれみ》さん（28）とその内縁の夫井上大雅《いのうえたいが》さん（30）とみられ、警察は火事の原因を調べるとともに身元の確認を進めている。寺井さんの長女怜奈《れいな》さん（10）は自力で避難し、足などに軽傷を負ったが命に別状はない〉

検索を進めると、火事の原因は井上の煙草の不始末で、生き残った怜奈という娘はこの男と母親に虐待されていたらしい。自力で避難したとあるが、実際は外に締め出されていたというのだ。十二月の夜に。

だが、それが幸いして煙に巻かれずに逃げることができた。

コーポ曙杉《あけぼのすぎ》というアパート名と詳細な番地も分かった。地図で照らし合わせると令学館中等科にほど近い路地に建っていたようだ。校門からまっすぐバス停に出ないとすれば、よほど見当違いに大回りをしない限りこの前を通ることになる。

志史と理都の帰り道には怜奈という女の子が住んでいた。

怜奈は母親とその内縁の夫から日常的に虐待を受けていた疑いがある。

怜奈の家が火事になり、母親とその内縁の夫が死亡するという事件と前後して志史と理都は決裂している。

志史と理都が二人でつくっていた物語の登場人物の名前がレイナだった。

悠紀はもどかしさを覚えた。確かに何かがつながっていそうなのに、それが何なのかが分からない。

論理的な整合性が見えない――少なくとも現時点では。

理都という名前を追いかけた時もそうだった。花びらのように危うく重なり合う事実の断片をたどって、実在する生身の小暮理都にゆきついたのだ。

悠紀はふたたび花村真澄に連絡をとった。令学館中等科に近いということは小暮邸に近く、花村の守備範囲である可能性がある。コーポ曙杉の火事や怜奈のことについて「ここだけの話」を知っているかもしれない。

「コーポ曙杉?」

花村ははじめ手ごたえのない口調を返した。

「八年前の十二月に火事があったアパートなんですが」

「ああ、曙荘ね！　コーポなんて言うから分からなかった。私、あそこの大家のおじいちゃんと知り合いなの。そうそう、名前を変えたって言ってましたよ。遺産分割で妹さんと権利を半分ずつにしたって。そのついでに外側もそれなりに化粧して、名前もお洒落《しゃれ》にって、大家のおじいちゃんはコーポ曙にするつもりだったけど妹さんが権利を半分持ってる証明に自分の名字を入れてほしいって、それで杉の字を入れてコーポ曙杉にしたって聞いたことがあるわ。でもおじいちゃんはあいかわらず曙荘って言ってたの。あの頃で、もう築三十数年じゃなかったかしらねえ、一階と二階が五室ずつで十部屋。いつも半分くらい空《あ》いてたの。いくら外側だけ綺麗にしたって、部屋の壁を厚塗りしたって、水回りの設備は古くて部屋の中に水道管が出てるし、フローリングに張り替えたはいいけど仕切りは襖だし、襖を閉めても隙間は空くし……これは一階のおばあちゃんの話」

　パソコンデスクに置いたスマートフォンから滔々と声があふれだす。ボイスレコーダーに録音するためにスピーカーフォンにしている。言葉が途切れ、お茶か何かを啜る音がした。

「訊きたいのは火事を出したお宅のことなんですが」

　その隙を逃さずに悠紀は言葉を挟む。

「若い夫婦で、十歳の女の子がいたとか――」

「違うの。夫婦じゃないのよ。女の部屋にヒモが転がりこんでただけ。女の方は純朴そうな、出荷されたての林檎《りんご》みたいな娘さんでね、それも高級なのじゃなくて、わけあり林檎ね。宅配会社で働きながら一人で子供育ててるって聞いて大家のおじいちゃんも最初は同情的だったの。お米を分けたり、家賃が遅れても待ってやったり。ところが職場を馘《くび》になったんだか何だか、いつのまにかパチンコ店のホールで働いてたそうなの。それはいいんだけど、問題はパチンコ店の客と同棲をはじめたことなのよ。それがまたねえ、よりによって見るからにろくでもないチンピラで」

花村は一気にまくしたてて、またお茶を啜った。

「聞けば聞くほどひどい話なの。ほら、日中は林檎娘さんが働きに出るでしょ、そうすると男は目ざわりだからって子供をほっぽり出すの。外へ。暑くても寒くても雨でも風でもおかまいなしに。しかも裸足《はだし》でよ。靴がないか、どこへも行けないようにでしょ。子供は可哀想に何時間でもじっとドアの前に座ってるの。大家のおじいちゃんや一階のおばあちゃんが見かねて林檎娘に注意しても、『そうですか』『すみません』っておどおどしてるばっかりで、すみませんじゃないっていうの。わが子より男の機嫌をとることが大事なんてどうかしてますよ。お風呂にもろくに入ってないみたいだし、着てる服も季節に合ってないし、皺《しわ》くちゃだし、絶対虐待だから通報しなさいって私言ったのよ。でもねえ、二人ともいざとなると腰が引けちゃって。何だかんだ言ってもヒモ男が怖いのよねえ」

「そうですね。特に近所の方は報復されないか考えるでしょうし」

「それは分かりますよ。だから私が児童相談所に通報したの。それで一回役所の人も来たんだけど、ああいう人たちってそういう時そりゃあうまいこと逃げるの。子供もしっかり隠して。私もそれ以上はねえ。火事の原因はヒモ男の寝煙草って聞いて、やっぱりって思ったわよ。ヘビースモーカーで、いくら注意しても窓から吸い殻《がら》を投げ捨てて。おじいちゃんが掃き掃除してる足元に火のついたのが落ちてきたこともあるっていうんだから、あの禿げ頭にでも落ちたらたいへんなことじゃないの。あの夜も子供を締め出してたんでしょ？　二人で何やってたんだか。可哀想にねえ、冬の夜にどんなに寒かったか。でもそのおかげで助かったんだからよかったのよね。焼け死んだ二人は自業自得、因果応報ですよ。あとでその子の年を知ってびっくりしたの。十歳っていうんだから！　学校にも行ってなかったみたいだし、もっとずっと幼く見えたのよ。あれは栄養不良ね。おじいちゃんはせっかくリフォームしたのに火事で死人が出ちゃったんで、しょぼくれちゃって気の毒だったけど、ここだけの話、最後はうまく土地ごと売り抜けたの」

悠紀は感心した。調査員として透子に推薦しようかと大真面目に思う。

「その子、どうなったんですか？」

「どこか施設に引き取られたんじゃない？　よく知らないけど、障碍《しょうがい》のある子だと引き取り先も限定されるんでしょ？」

「障碍？」

「目が見えなかったのよ」

「えっ」

悠紀は絶句した。

——盲目の少女——レーナ。

「ねえ、誰だって驚くわ。よくもまあそんな子を一人で外に出しておけるもんだわよ。私も火事の後で聞いたの。大家のおじいちゃんも一階のおばあちゃんもそんなことひとことも言わないんだから。知ってたら福祉の人が来た時に、もっとどうにかしたでしょうよ」

「その女の子の話を理都くんにしたことがありますか？」

「どうだったかねえ、あったような気もするけど、理都ちゃん、その頃にはあんまり私のおしゃべりを聞いてくれなくなっちゃったのよ。でも、理都ちゃんが学校帰りにその子と話してるのは何度か見ましたよ。大家のおじいちゃんの家がアパートの向かいにあって、お茶をいただいてると窓からよく見えたの」

「理都くんは一人でしたか？」

「ううん、お友達と一緒。ほら、話したでしょ、ちょっと雰囲気のある男の子」

志史と理都と、怜奈は接触があった。

あったから——何だというのか？

ピースを嵌めても嵌めても完成しないジグソーパズルのようだ。

ピースが増えれば増えるほど完成図が見えなくなる。

第五章　旋　律

1

悠紀がその公園へ足を運んだのは、少し理都に傾きすぎたベクトルを志史の方へ修正する意味もあった。怜奈という接点を見つけたことは収穫だったが、そこでいきづまってしまったからだ。

斉木明が立原家の近辺に出没していたらしいことから、そこから歩ける範囲でそのような生活をしている人々の中にまぎれこめそうなところはと、地図を広域に広げていきながら考えて、いくつもの美術館や博物館が集まるこの公園に的を絞った。

都内の公園からホームレスがいなくなったと言われている。それでも銅像の周辺や広場などを歩きながら茂みを見ると、ブルーシートのテントがぽつぽつとある。

テントの外に出て猫とじゃれていた男、落ち葉を丁寧に掃除していた男など比較的声をかけやすいところからはじめてみたが、聞きこみは思うように進展しない。

使った写真は二枚だ。死亡した容疑者としての新聞記事の写真とインターネットで拾った劇団のチラシ。チラシには楕円に切り取られた顔写真の下に役名と芸名が書かれている――魔幌《まほろ》（冴木あきら）。

どういう役柄なのか、長い金髪のかつらだ。化粧もしているし二十年以上も前の写真だが、何となく斉木という男の内面がよく表れているように思う。

「ああ、知ってるよ。マホちゃんだね」

悠紀の手から熱い缶の汁粉を抜き取り、にやりとして頷いたのは、ニット帽をかぶり、顔の半分が鉛色のひげに覆われた男だった。黄色い前歯の間に隙間が目立つ。

「本当の名前は斉木明というんですが」

「マホちゃんはマホちゃんさ。ここにいるようなやつはみんな本名なんかとっくに忘れちまったか捨てちまってんだ」

五十代か六十代か、案外もっと若いのかもしれない男は指をしゃぶるとその指で、悠紀が手にしたチラシの斉木の写真にぷすりと穴を空けた。

「そうかい。俺以外のやつはみんな知らねえって答えたかい。先に金だけとって？　そりゃあご愁傷《しゅうしょう》さん。――俺はこいつに目がなくてな。兄ちゃん、ラッキーだったな」

男は缶を開け、ぐびりと喉を鳴らして中身を呷《あお》った。

「ここを根城にしててマホちゃんを知らねえやつはいねえよ。羽振りがよかったし、ちょっといい男だろ？　狙ってるやつも多くてさ。いろんな意味でね」

「そんなにお金を持っていたんですか？」

「働かねえのにさ、何で持ってたんだろうね。ま、想像はつくけどよ。──知ってるよ。マホちゃん、くたばったんだろ」

「自殺したんです」

「嘘だね」

「え？」

「殺《や》られたのさ」

小心そうに見えた男の目がその時初めて凶暴な光り方をした。

「ああいう稼ぎ方をしちゃあだめさ。追いつめすぎりゃ、相手だって──」

「彼が誰かを脅迫していたってことですか」

「あの夜、『デートだ』って出かけてそれっきりさ」

「デートって、誰と？」

「そりゃ金づるだろ。バスに乗るんだって、寒風の中身体まで洗ってさ。セーターなんか洒落こんで、妙にうれしそうだったぜ」

ボート池の脇の道路はバス路線になっていて、立原家のある千駄木を経由して斉木が転落死した現場方面へ向かうバスも走っている。

もし「デート」の相手が志史だとしたら？

五月に司法試験が終了してから——特に合格を勝ち取った九月以降は恭吾の束縛も緩み、志史はかなり自由に行動できたはずだ。

斉木は志史に会うから「うれしそう」だったのではないのか？　身勝手きわまりない話ではあるが、立派に成長したわが子に会うのが誇らしかったのではないか。身体を洗ったのは志史へのせめてもの気づかいではなかったか。

昨夏から斉木に似た男の姿は立原家周辺で何度か目撃されている。志史と何らかの接触があったと考える方が自然だろう。

斉木は志史に無心しなかったか？　男の言うような脅迫ではなく、哀れっぽく。

そして志史は——わずかずつでも——金を渡しはしなかったか？

少しずつ斉木を安心させて、手なずけて、頃合いを見てたとえばこう言うのだ。恭吾が死ねば遺産の四分の一は養子である自分のものになる。そうすればもっと援助できる、と。

志史は斉木に恭吾の散歩コースを教えた。あの日、十一月十日はいつもよりも早く、まだ暗いうちに散歩に出る可能性が高いことを伝えた——。

志史が斉木を操って恭吾を殺したという方が、斉木の逆恨みによる単独の犯行であるというよりも遙かに真実らしく思えてならない。

それは恭吾への復讐であり、斉木への復讐でもあったのだ。二人の父への。

志史は役目を終えた斉木をあの建設現場へ呼び出し、そして……。

「どうかしたのかい。顔色が悪いぜ」

男が悠紀の顔を覗きこむ。耐えがたい臭気が迫り、悠紀は眉を歪めそうになった。

「いいえ、何でも。彼のことでほかに何か気がついたことはありませんか。何でもいいんです」

男はかさかさした落ち葉色の下唇を引っ張った。

「酔っ払うと息子自慢をしてたっけな。孝行息子がいて、将来はいいマンションで一緒に暮らすってよ」

「マンション……」

「そりゃよかったなって聞いてやるんだ。妄想がなぐさめなのはおたがいさまだからよ」

「この人を見たことはありますか」

悠紀は志史の写真をアップにしたスマートフォンの画面を見せた。恭吾の葬儀の折、長姉の夫がたくさん写真を撮っていた。送られてきた中で志史が真正面を向いて写っていたのを拡大したものだった。

「……いや、見たことねえな」

男はろくに見もせずにあっさり首を振った。

悠紀は丁寧に礼を述べて謝礼の封筒を渡した。

斉木明が死んだのは一月二十二日の午後十一時前後。通りすがりの会社員の男性が建設現場へ入りこむ斉木の姿を見、短い悲鳴と激突音を聞いている。

ただ、その時はそのまま立ち去ったのだ。現場を見ているわけではない。争った形跡はないというが、作業員たちの不特定多数の足跡が入り乱れる足場に別の足跡が一組混じっていても分からないだろう。争うまでもなく待ちかまえて突き落として、人目につかぬようにその場を去ることはできる。

さっきの男の話からも斉木は志史に会いに行った可能性が高く、自殺する意志があったとは思えない。

わざわざバスに乗って自殺しに行く理由は何もない。が、志史との対話が彼を絶望させ、発作的な飛び降りにつながったのかも分からない。

たとえば志史が幼い日の虐待を糾弾《きゅうだん》したら。

あの冷ややかさで斉木を蔑《さげす》み、精一杯の謝罪——斉木がするとは思いがたいが——さえ拒絶したとしたら。

希望の糸を鼻先にたらしておいて、容赦なくそれを断ち切ったとしたら。

そんなしおらしい男ではないとは思うものの、今の段階では自殺の可能性を除外できない。志史による自殺教唆の線も残る。

その上で、志史に犯行が可能だったか否かだ。一月二十二日午後十一時、志史にアリバイがあるかどうか……。

悠紀はスワンボートの浮かぶ池のほとりのベンチに座ってスマートフォンを取り出した。

「――はい、立原です」

高子にかけたつもりが志史が出て、不意打ちを食らったように悠紀は動揺した。呼び出し音の後にその声を聞くまで、「高子伯母」として登録してあるのが立原家の固定電話の番号であることを忘れていたのだ。高子はいわゆるガラケーを所持しているが、携帯電話で話すのは好きではないと言ってメールしかしない。

「あ――若林悠紀ですけど」

「悠紀さんですね。先日は母がお世話になりました」

「こちらこそすっかりご馳走になって」

「久々に華やかな場に出て、悠紀さんとも話せて、母はとても楽しかったようです」

志史はどこまでも礼儀正しい。愛想のかけらもなく社交辞令を口にして、しかも慇懃無礼《いんぎんぶれい》にならない。どういう技術だろう。

「志史、今いいかな」

悠紀は気を変えた。志史と話す機会などめったにない。

「何か?」

「一月二十二日の夜、どこにいた?」

「一月二十二日？」

「斉木明が転落死した夜だけど」

「まだ探偵ごっこをしていたんですか？」

月の光のように冴えた声で、柔らかく冷たい絹に感情をくるんで志史は話す。面と向かって話していてさえ揺らぎのひとかけらもすくえないのだから、電話を通せば尚更その心はつかめなかった。

「本当にあま――」

その時、木々の向こうの道路を一台のバイクがエンジンを盛大にふかしながら走っていった。志史の声はその音にかき消されたが、悠紀の耳にはしっかり届いた。本当に甘やかされているんですね。

否定はできないと悠紀は思う。傷が治癒した後も悠紀の気がすむまでやりたいようにさせてくれた両親には感謝している。

――そう、六年だ。

あの子が若すぎる命を絶って六年――。

悠紀の人生はあそこから軌道を変えた。

あの出来事がなければ悠紀が透子の事務所で働くことはなく、ひいては高子に調査を依頼されることもなかっただろう。

あれが分水嶺《ぶんすいれい》だった。父の会社に入ることでもとの人生に軌道修正されるように見えても、自分はもうそれ以前とは異なる水脈へ流されてしまった。

以前の自分ならとっくに手を引いていただろう。追及をあきらめるのではなく、自分にはかかわりのないこととして。あの子に対し、常にそうしていたように。

今、こうして事件を追いかけているのはあの子への贖罪《しょくざい》なのかもしれないとも思う。

もちろん志史はあの子ではない。志史に手をさしのべてもあの子には届かない。あの子どころか志史のことだって救えはしないのだ。

——結局、僕はただ、あの子を救えなかった自分を救おうとしてあがいているだけなのかもしれない。

「来月末に横浜に戻って、親父の会社に入る」

「若林の叔父さんもさぞよろこばれているでしょうね。悠紀さんもすっかり元気になられたようで、よかったです」

皮肉なのか本心なのか、その口調からは分からない。

「斉木の父が飛び降りた午後十一時前後は、島田夕華と、あなたが彼女と話したファミレスにいました」

「青麦の子？」

ここでその名前を聞くとは思わなかった。

「別れたって聞いたけど」

「俺に連絡する口実を彼女に与えたのは悠紀さんじゃないですか」

「彼女とは本当につきあってたのか？」

「肉体的にはイエス、精神的にはノーですね」

ゴボ専——唐突にその言葉を思い出す。

色黒でやせている子が好み？

それは小暮理都の姿と重なるのではないのか？

「彼女に確認するのはやめてもらえますか。また口実をつくってしまうから。確認なら竹内さんにすればいい」

「竹内？」

「母から聞きませんでしたか？　所轄《しょかつ》の刑事です。事件担当の。立原の父の件でも斉木の父の件でも俺は容疑者の一人でしたから——俺にはどっちにも動機がありますから——彼らは俺のアリバイを調べましたよ。一月二十二日の夜十時から十一時半過ぎまで俺が夕華とあのファミレスにいて、事件現場に行けなかったことは店のカメラや店員の証言で裏がとれているはずです。斉木の父が公園前のバス停から最終バスに乗ったことも乗務員の証言で明らかになっています。降りたのは現場近くのバス停で、時刻表通りなら午後十時四十九分です」

「気を悪くしないでくれないか。志史が否定してくれるならそれでいいんだ」

「母にかわりますか?」

「いや、それだけだから」

「そうですか。それじゃ——」

「志史」

思わず名前を呼んだ。

「まだ何か?」

「志史は人を好きになったことがあるのか?」

「何ですか、急に」

「初恋はいつだった?」

なぜ自分はあんなことを訊けたのだろう。なぜ志史は答えたのだろうと、あとになって悠紀は何度もこの時のことを思い返した。答えないこともできたのに。

「十二の時です」

その声は常よりも少しだけ柔らかに響いた。

通話が切れると悠紀は長い息を吐いてスマートフォンを持つ手を膝に下ろした。

見知らぬホームレスより志史と話す方がずっと緊張する。顔を合わせていなくても、あの瞳に見透かされるようで。

志史にはアリバイがあった。志史には斉木を殺せなかった。

じゃあ――小暮理都なら？

水底に棲む貝が少し口を開けて呼吸するように、立ち上る気泡がやがて水面ではじけるように、一つの疑問が浮かび上がって悠紀の胸ではぜた。

理都ならできたのではないか？

志史が日時と場所を指定して斉木を呼び出し、理都はそれを待ちかまえていて――。

――妄想だ。

泡をかき消そうと、もう一人の自分が声を大きくする。

ここで理都を出してくるなんて、憶測どころじゃない、妄想だ。それに二人は中等科在学中に決裂している。それは彼らの同窓生が異口同音に証言している。中でも田村奈緒は卒業式に理都が志史のネクタイを切り刻むのを目撃しているのだ。

――それから七年、彼らは「絶交」したままだったのだろうか。

どこかで出会い、どこかで友情を復活させなかっただろうか。

青成学園高校に進んだ志史は恭吾の許可を得てふたたびピアノを習いはじめたが、教室に通うのではなく吉村慶子《よしむらけいこ》という以前からの先生が立原家に来ていた。週一回、勉強にさしさわりのない範囲で、成績が落ちたらすぐにやめさせるという条件つきの再開だったという。

それ以外には習い事も部活動もしなかった。恭吾がさせなかった。塾や予備校にも通わなかった。優秀な志史には必要なかったからともいえるが、それほどまでに恭吾は志史を縛りつけた。

おまけに志史は大学生になるまで、授業で使う学校専用のタブレット以外、スマートフォンもパソコンも持たせてもらっていない。必要がある時は恭吾のそれを借りなければならず、恭吾の見ている前でだけ使えたのだ。

学校に行く以外で志史に許された唯一の外出らしい外出は月一回のボランティア活動だった。障碍のある子供たちが入所する施設を訪問し、ピアノを弾いたり子供たちと遊んだりしていたと聞いている。

もしわずかでもこづかいがあれば、その行き帰りのどこかでインターネットカフェなどを利用することができたかもしれない。だが志史はそれすらできなかった。

そう考えていくと、少なくとも大学入学までは接点を持ちえない。

理都はどうだろう。高校卒業を目前に火事でひどい火傷を負い、その後どうしているのか、どこまで日常を取り戻しているのか。

……火事……理都の火傷……。

ふと思いついて、悠紀は四年前の映陵大学法学部の入学試験日を調べた。

二月十二日だった。

小暮邸の火事は二月十四日の未明。

国立大学の二次試験は二月末。

映陵大入試——火事——国立大学二次試験。

志史は映陵大には危なげなく合格している。しかし第一志望の国立は落ちた。受験は水物とはいえ模擬試験でも常に全国上位、合格を誰も疑わなかったのに。

二つの試験の間にあるのは小暮邸アトリエの火事、理都の火傷だ。

志史の二次試験の失敗はこれが原因だったのではないのか？　その頃志史は睡眠薬を服用していたと高子が言っていたけれど、不眠の理由も同じ……？

やはり高校生のうちに二人は仲直りをしていたのだろうか。

いつ？　どこで？

いや……そもそも二人は本当に「絶交」したのか？

2

吉村慶子に会ってみようと思ったのは、週一とはいえ家族以外で一番長く志史に接してきたのが彼女だからだ。

美奈子が再婚し、石神井の三田家で過ごした六歳から十二歳までの六年間。約三年の空白をへて、高校から大学二年までの五年間。合計十一年の間、志史にレッスンをしていたのである。

練馬区の富士見台《ふじみだい》駅近くに住む慶子は石神井には近いが、千駄木の立原家までは二回乗り換えて約一時間かかる。志史がレッスンを再開するにあたって来てもらえるかどうか打診すると、志史くんならぜひ指導したいと快諾してくれた——そんな話を高子から聞いたことがあった。

友人が子供のために個人レッスンをしてくれるピアノの先生を探している、そう嘘をついて美奈子から慶子の連絡先を聞いた。現在は美月を教えていて、自宅で教室もひらいているという。

悠紀は教えられた番号に電話をかけて、自分は立原恭吾の甥だが、彼が殺された事件について調べている、それに関連して志史のことで話を聞かせてほしいと正直に話した。

最初は警戒していたが、話すうちに信用してくれて、会う約束をとりつけることができた。

池袋《いけぶくろ》の百貨店内のカフェで慶子に会った。慶子は四十代半ばだろうか、パーツの大きなはっきりした顔立ちにショートカットがよく似合っていた。

美奈子に聞いた慶子の好物の羊羹《ようかん》を渡し、美月のピアノの進み具合や、洸太郎はサッカーに夢中でピアノはやりたがらないことなど雑談を交わした後で、志史のことを切りだした。

「最初はママが熱心だったんです。ママも音大のご出身なんですよね。ご自身でもお子さんのピアノは教えられると思いますけど、へんなくせをつけたくないからって。本格的にやらせたいんだなっていう印象でしたね。六歳からじゃ遅いかしらって、ご心配なさってました。確かに早くはない……というか遅い方になるでしょうけど、志史くんはすぐにみんなを追い越してしまいました。ほうっておくと一日中ピアノに向かっていたそうです。志史くん、小学生の時に自分で楽譜を書いて曲をつくっていたんです。低学年の頃は他愛のないものでしたが、高学年になるとソナタと呼べるような楽曲をつくりはじめていました。ご事情があっておじいちゃまの養子になって、レッスンを中断したのが本当に残念でした。またレッスンをはじめたいと聞いてうれしかったですね。おばあちゃまは恐縮されていましたが、片道一時間なんて遠くないです」

「三年近く休んでいた影響はなかったんですか」

アイスティーのストローから唇を離して、慶子は少し淋しそうな顔をした。

「ないはずはないです。でも、それは分かっていたことで——中学受験でもお休みしなかった志史くんでしたから本当に残念でしたけど、あきらめましたから」

「あきらめた……」

「ピアノだけに集中すれば、志史くんなら一流の演奏家になれたと私は思っています」

過去形で言うということは、もうそれは無理だということだ。……当然だろう。音楽の世界がそんなに甘いものであるはずがない。

「志史くんは机を鍵盤に見立ててかなり指を動かし続けていたらしくて、指の硬さは心配したほどではなかったんです。それでも技術が高ければ高いほど影響は大きくなります。でも、おじいちゃまの跡を継いで弁護士になるならしかたないですものね」

「志史は本当は弁護士より——まだ弁護士と決まってはいませんが——ピアニストになりたかったのかもしれません」

「高一か高二の時、志史くんに訊かれたことがあるんです。技術的に、自分は音大に行けるだろうかって。本気ではなかったんでしょうけど」

本気ではない？　そうだろうか？

「音感、ピアノの技術は問題ないし——もちろん受験となったらもっと弾きこむ必要はありますが——楽典だって準備すれば志史くんなら楽々こなすでしょう。これから本気で目指せばあなたならどこでも受かると思うけどどって、私、言ったんです。受かると思うけど……だけど、あなたはおじいちゃまの跡を継ぐんでしょって」

悪気のない慶子の言葉に悠紀は胸が痛んだ。

「志史くんのレッスンを再開して、技術的な衰《おとろ》えよりも音が変わったって思ったんです」

「音、ですか？」

「ええ」

慶子はテーブルの上で両手の指を組んだ。大きな、女性にしてはごつい手だった。四角い爪が短く切りそろえられている。

「どんなふうに？」

「とても感覚的なことで、うまく説明できるか自信はないですが……翼をもがれたような。石神井にいた時の志史くんは、まるで十指に羽を持っているようでした。その羽を広げて自在に飛び回るような、どこまでも高く羽ばたいてゆくような、そういう音を出したんです。志史くんが奏《かな》でることで鍵盤が無限の空になるんです。それが志史くんの個性で一番の魅力でした」

悠紀は慶子の言う意味が分かるような気がする。一度聴いた発表会での志史の演奏は今でも悠紀の心に深い印象を残しているのだ。

「ただ、これは好みの問題なんです。昔の志史くんのピアノを知らずに聴けば——最初からそれが志史くんの音だと思って聴けば素晴らしいんです。ガラスの箱の中で弾いているような音……繊細で、完璧なのに危うげで、息が止まるくらい研ぎ澄まされた音……むしろあの音の方を高く評価する先生がいてもまったくおかしくないと思います。でもそんな言い方になってしまったのは、私自身が志史くんの変わってしまった音を憾《うら》む気持ちが強くて。もし石神井にいた時の音のままだったら、私、志史くんのその言葉に飛びついて、どうにかおじいちゃまを説得しようとしたと思います」

恭吾が説得されるはずがない。志史を叱りつけ、ピアノをやめさせて終わりだっただろう。しかし、たとえそうでも、もし慶子がそうしてくれたら志史はどんなにかうれしかったのではないかと悠紀は思う。

それを表に出す志史ではないが、心の中では、どんなにか。

「おじいちゃまは厳格な方だったとうかがっています。毎日決まった時間だけピアノに向かうことを許してるって、おばあちゃまがおっしゃってました。……だけど……これ、誰にも言わないで下さいね。本当はそれだけじゃなかったみたい」

「どういうことですか？」

「レッスンの日にはいつも完璧に課題を仕上げているから、私感心して言ったんです。勉強たいへんなのにえらいね、遊ぶ時間ないでしょうって。志史くん、自分にはもともと遊びの時間はないって。だけど高校の音楽の先生が音楽室のピアノの鍵を貸してくれて自由に弾かせてくれるから、毎日昼休みと放課後――部活動がはじまるまで――練習できる、部活がない日は、あまり遅くはなれないけど一時間くらいは弾けるって。……あの、こんな話、おじいちゃまの事件に関係あるんでしょうか？」


池袋から駒込へ向かう山手線の中、悠紀はスマートフォンで青成学園のホームページをひらいた。教師の紹介はなく、「音楽の先生」と加えて検索し直すと在校生の母親のブログが見つかった。日付は五年前で、ちょうど志史がいた頃だ。

わが子がオーケストラ部に所属しているらしい。舞台で演奏する部員たち全員を遠目に収めた写真。ヴァイオリンを弾く生徒の横顔のアップ——顔は金色の星で隠している——はわが子だろう。

そして情感たっぷりに指揮棒を振り上げた指揮者の写真——黒い式服のすらりとした後ろ姿、豊かなグレーの髪。「いつもダンディな顧問の小×先生」と、一字伏字にしてある。

駒込駅で電車を降りると、家に帰りつくのを待てずに悠紀は花村に電話をかけた。

「すみません、小暮理都くんのおじいさんのことでうかがいたいことが。——今よろしいですか」

話しながら歩く。

「あら、こんにちは。はいはい、大丈夫よ。なあに?」

花村はほとんどどうきうきした調子で応じた。最初に何の事件を調べていると言って会ったのだったか、悠紀はとっさに思い出せなくなっていたが、幸い花村はそんなことはどうでもいい様子だ。

「音楽の先生だったということでしたが、どちらの学校で教鞭《きょうべん》をとられていたんでしょうか」

「ええと……何ていったか、進学校ですよ。私立の。毎年日本一の難関大学にいっぱい合格するんで有名な」

「——青成学園、ですか」

「そうそう、青成学園!」

「今はどちらのホームに――」

「ええとね、神奈川県の……鎌倉《かまくら》じゃない、葉山《はやま》、だったかしらね。パンフレットを見せてもらったけど、いいところなの。あんなところ、私も住んでみたいわねえ。そうそう、名前ね。ちょっと待ってね。手帳に書いてあるから。ええと……手帳手帳……」

琴風荘《きんぷうそう》、とは琴の音のような風の吹く別荘をイメージしているのだろうか。それとも遠い潮騒を琴の音になぞらえているのだろうか。

空気が潮の香りをはらんでいる。逗子《ずし》駅からタクシーを使うしかないのは便がよいとは言えないが、それだけに静かで、葉音や波音が耳に心地よい。三階建ての建物はクリーム色で、芝生に面した側の一階部分が大きく半円形に張り出している。吹き抜けのロビーは暖かく明るかった。

二月十七日。冷たい空気の中にもどこか春の気配を感じられる晴れた日であった。

手ぶらというわけにもいかないだろうと大粒の苺を二パック買って悠紀がその高級老人ホームを訪れると、受付の女性が眼鏡の向こう側から微笑んだ。

「若林と申しますが、小暮洋一先生に――」

言いながら、悠紀は運転免許証を示した。青成学園の教え子だと偽って、昨日のうちに面会を申し入れていた。

「小暮さんでしたらさっきお孫さんがいらして、お庭へ散歩に出られましたよ」

「お孫さん？」

どきりとした。理都だろうか？

「お孫さんはよくいらっしゃるんですか」

「最近は毎週いらっしゃってます、お待ちになります？」

女性が示した半円形のスペースはガラス張りで、クラシカルな織物張りのソファがいくつかゆったりと配置されている。今は誰もおらず、あるじを失った豪華な応接間のようだと思いながら悠紀は首を振った。

「庭に行ってみます」

理都に会える――。

これはチャンスだ。相手にしてくれるか分からないし、真実を話してくれるとも思わない。それでもその表情や、言葉と言葉の間の沈黙からでも読み取れることはあるはずだった。いや、ただ理都に会うというだけで計り知れない意味がある。

舗道をたどってゆくと、寒桜が濃いピンク色の花を咲かせているそのかたわらのベンチに老人が腰掛けていた。真っ白な髪に陽光が反射して、横顔の彫りの深さが遠目にも分かる。レンガ色のガウンをまとい、ベージュの膝掛けをかけている。

隣に誰かが座っているが、ここからは老人の陰になって見えない。

一度立ち止まって深呼吸してから、コートのポケットの中のボイスレコーダーをＯＮにして、悠紀はベンチに近づいた。

「――小暮先生」

錆《さ》びついたような動作で老人――小暮洋一――が首をめぐらせる。

隣の人物が立ち上がり、一歩前に出て悠紀を見た。

理都ではなかった。

少女だ。高校生くらいだろうか。小柄で華奢な身体をざっくりしたアイボリーのニットコートに包み、同色のマフラーをしている。その毛糸と競うほど色が白い。

あごがきゅっと尖った小さな顔。瞳は細く、唇は薄い。髪を腰まで長くたらしているのに、どこか中性的な印象を与える。

焦点をとらえづらい淡い瞳と、性を感じさせないその透明な雰囲気が、少女をどこか妖精めいて見せていた。

静人のきょうだいの子供だろうか。幼くして殺された双子の弟のこと以外、静人のきょうだいについては何も聞いていないが。

「先生のお孫さんでいらっしゃいますか？　僕は若林といいます。青成学園では小暮先生にお世話になりました。先生がここにおいでになることをうかがっていたので、お顔を見にまいりました」

「わざわざありがとうございます」

少女はその年頃に似合わず丁寧に頭を下げた。

「ちょうど近くに用事があったものですから」

「でも……誰から？　おじいちゃんがここにいることを知ってる人は少ないと思うんです」

「先生のお宅の家政婦をしていた花村さんという方と知り合いなんです」

これに関しては、あながち嘘ではない。

「そうでしたか」

少女は膝掛けの上に置かれた洋一の皺だらけの手をにぎって、

「分かる？　昔の生徒さん。若林さん。青成学園だって」

洋一はレンズに薄く色の入った眼鏡の奥の瞳をしばたたきながら不思議そうに悠紀を見つめた。洋一は肌つやもよく、不健康でない程度に太っている。

「今日は暖かいですね、先生。お孫さんがいらしてくれてうれしいでしょう。ここは本当にいいところですね。波の音がピアノのようで――」

とりとめもなく話しかけると、洋一はぽかんと口を開けた。乾いた唇から涎《よだれ》が糸を引く。

少女はハンカチを出してそれをぬぐった。

悠紀は一歩洋一に近づき、腰をかがめてまっすぐに視線を合わせた。洋一の瞳は泳ぎがちで、やや白濁《はくだく》しているようだ。

「僕は立原志史と親しかったんです。立原志史——憶えていらっしゃいますか。彼は家で自由にピアノが弾けなかったので先生が昼休みや放課後に弾かせて下さるのがとてもうれしかったようです」

少女がいなければもっと揺さぶって、理都のこと、志史のことを聞き出したかった。恍惚のその岸辺からこぼれ落ちる言葉の中から、求める真実を、たった一粒の砂でもいい、すくいとることができたら。

「立、原、くん……?」

「立原志史のピアノは素晴らしかったでしょう、先生」

洋一は波音に耳を傾けるように少し顔をかしげた。その目にちかりと光が灯り、

「ああ、さっきからピアノの音がすると思ったら立原くんか」

ふいに、驚くほど明瞭な口調で言った。

「まるで地球に最初の水が生まれるような……これはきみの作曲かい?」

「おじいちゃんには海の音も風の音もピアノに聞こえるんです」

少女が恐縮したように言葉を挟む。

「この前りっちゃんがきみの『月光』を聴いていたよ。ヘッドホンが外れて音が洩れたんだ。私は間違えない、確かにきみのベートーヴェンだった。ガラス細工のように繊細で、少々尖っているのもいい」

「理都くんのことですか？　理都くんが、志史のピアノを？」

「きみは時々音楽室で自分の演奏を録音していたね。あれはりっちゃんのためかい？」

……やっぱりそうだった。やっぱり志史と理都は……。

「立原くん」

やにわに洋一が悠紀の手をとった。

「きみはピアノをやめてはいけないよ。どんなことがあっても、どんな形であっても、弾き続けなければいけないよ」

洋一の手はたじろぐほどの熱と力で悠紀の手を包んだ。

「約束してくれるね？」

「先生のお言葉は必ず志史に伝えます」

「指を大事にするんだよ」

悠紀は洋一の手をにぎり返してから、そっと放した。

「風が冷たくなってきたよ。そろそろ入ろう」

少女が優しく洋一の腕に触れる。洋一はいとおしげに──孫というより恋人を見るように──少女を見上げた。

「僕もこれで失礼します」

悠紀は苺の入った紙袋をさしだし、

「どうぞ。お好きかどうか。苺なんですが」

「ありがとうございます。――苺いただいたよ。好きだよね」

洋一は目尻を皺くちゃにして何度も頷いた。

「お元気で、先生」

「おじいちゃんの言葉、伝えて下さいね、絶対」

「え？」

思わず少女を見やる。

少女が淡く微笑む。

尖った印象の顔が花びらのように陽にほどけて、悠紀は一瞬、ひきこまれて見とれた。

琴風荘にいる間に、多田愛梨からＬＩＮＥで写真が送られてきていた。『イリス』初夏号の一ページだ。

渚《なぎさ》の流木に腰掛けて悠紀はそれを読んだ。

翼の墓標　十首　一年二組　小暮　理都
孵《かえ》らざる卵を埋めた深爪の僕らの指は翼の墓標
木洩《こも》れ日のあるごときかな図書室の机にノートをひらきて置けば

あどけない夢など見ない僕たちが肩を合わせてうたた寝をする
ルリタテハ指差しながら振り返る双子のような僕たちの影
閉じこめられたる旋律の鳥となりて五線などなき空へ羽ばたけ
君がため火刑にならん夕焼けにわが横顔は染められやすし
てのひらをかたみに置きて肋骨《ろっこつ》の内心臓は咲き誇るかな
光りつつ降る花びらを浴びながらあの角までは俤《おもかげ》と歩む
七分の一の誓いを結び合うメタセコイアは空に届く樹
風よ僕らの前髪を吹きぬけてメタセコイアの梢を鳴らせ

早熟な子だな、と悠紀は思った。大人ぶらず、年齢のままの少年の心情を歌っているところが尚更そう感じさせる。

まるで相聞歌《そうもんか》のようだが、「君」は志史だろう。図書室、ノート、メタセコイア——令学館中等科での日々を思わせる要素をちりばめ、「火刑」は小火事件を暗示させるし、「閉じこめられたる旋律」は志史のピアノだ。

面影を「俤」と表記するのも、穿《うが》ちすぎかもしれないが少年を彷彿《ほうふつ》させる。

これが中等科を卒業してすぐにつくられた歌ならば、二人は卒業式の時点で「決定的断絶」などしていなかったことになる。

――そう、これが答えだ。

二人は決裂などしなかった。一度たりとも。

ずっとつながっていたのだ。誰にも見えない透明な糸で。

昨年十一月十日の早朝、志史は斉木を操って恭吾を殺させた。ほとぼりが冷めるまではとしばらく接触を断ち、今年一月二十二日、逃亡資金を渡すとでも言ってあの建設現場に呼び出したのだろう。

待っていたのは理都だ。高い足場から志史のふりをして斉木を呼び、そこまで上ってこさせ、そして――。

悠紀は視線を遙かに投げて海を見つめた。

空の青と海の青が水平線で融け合い、真珠色の輝線になる。

潮風に頬をなぶらせながら、悠紀は二人の少年のことを考え続けていた。

第六章　傷　跡

1

〈元気？　その後どう？〉

〈引っ越し準備は順調です〉

透子のＬＩＮＥに悠紀はすばやく嘘を返した。マンションの部屋の片づけは少しずつ進んでいるものの、初歌会の日以来、横浜の部屋探しは停滞している。

父の会社に父と同じ家から通うことは避けたい。それなら遅くとも三月三十一日までには居を移していなければならないのだが。

〈それじゃなくて〉

すぐ返事がくる。

〈何か調べてたでしょ？〉

そういえば透子にはライターの野崎を紹介してもらってそれきりになっていた。

あの時、透子は悠紀がまだ「あの子」にとらわれているのではないか、六年前のあの事件を追いかけようとしているのではないかと心配していた。

そうではないと言ったはずだが、透子は信じなかったのだろう。

〈身内の事件ですが今度意見を聞かせて下さい〉

了解のスタンプが返ってきたから終わりかと思ったが、結局、明日会って話すと約束するまでやりとりは続いた。

――今、暇なんだな、透子さん。

スマートフォンを置き捨ててベッドに仰向けになる。

これはこれでいい。冷静な第三者として透子の意見は何かの参考になるだろう。人に話すことで考えが整理できることもある……。


――先生。

耳元で呼ばれた気がして悠紀ははっと目を開けた。二十八年の人生で悠紀を先生と呼んだのは一人だけだ。

部屋の中をセーラー服の少女がゆらゆら歩いている。量の多すぎる髪が肩先で跳ね、頬にはいくつかのにきびがある。

「優璃花《ゆりか》ちゃん……」

高校二年生の少女はきらびやかな自分の名前を嫌悪していた。自分の名前に通じる百合の花もきらっていた。

好きな花は背高泡立草《せいたかあわだちそう》だと言った。秋、線路脇や土手に猛々《たけだけ》しいほどに黄を噴き上げて咲く花。

──本当に引っ越すんだね、先生。

隅に積んだ梱包ずみの段ボール箱を蹴飛ばす。

「きみから逃げるわけじゃない。きみのことは一生背負っていく」

──重っ。背負わなくていいから誕生日にはお墓参りにきてよね。

「誕生日？　いつ？」

──もう忘れてる。

「ごめん」

──二月二十六日だよ。

「それはきみの──」

命日だろう？

──こっちでの誕生日だよ。

そういうことか。

「花は背高泡立草がいいか？」

──百合じゃなきゃ何でもいいよ。

「分かっ……」

た、と声にした時には優璃花の幻影は消えていた。

悠紀はやや呆然と身を起こした。透子にどう話すか思いあぐねるうちに、うつらうつらしていたらしい。

優璃花の夢を久しぶりに見た。透子とあんなやりとりをしたし、命日が近いからだろう。

今日はやけに疼くような気がして、肋骨の左側を、重いと一蹴されたところで一生消えることはない傷跡を服の上からなぞった。

優璃花は悠紀が大学四年生の時に家庭教師をした高校二年生の少女だ。週二回、一時間ずつ英語と数学を教えていた。

一人っ子で、獣医師の父親と専業主婦の母親によって営《いとな》まれる家庭は悠紀の目にはほどほどに豊かで真っ当で健全なものに見えた。優璃花は中くらいの私立高校に通い、成績も中くらいだった。悠紀が教えるようになって、英語の成績は「中の中」が「中の上」に上がった。数学は横ばいだったが。

優璃花自身もまた真っ当で健全で標準的な少女に思えた。ただ「死にたい」とか「死んじゃおうかな」とか、何の脈絡もなくつぶやくことがあった。

たいていはテキストかノートに目を落として、答えを書きこんだり計算したりしながら、ふと手を止めて、決して視線は上げずにつぶやくのだ。

はじめは悠紀も反応していた。「どういう意味？」と訊いたり、「何かあるなら話を聞くよ」と水を向けたりした。

死ぬとかそういうことを簡単に口にしてはだめだとたしなめたこともある。それをことごとく無視したのは優璃花だ。しまいに悠紀も面倒になって、優璃花のつぶやきを右から左へ聞き流すようになった。

そのうち優璃花は「先生、私と心中して」と、目を上げて真顔で口にするようになった。その変化にかすかな不安を覚えながらも悠紀は家庭教師としてそれ以上でも以下でもなく優璃花に接し続けた。

そのつぶやき以外、優璃花はごく普通だったからだ。

だから、そのことを優璃花の両親に相談することもなかった。その必要性を感じなかった。いや、結局、単に厄介ごとを引き受けたくなかったのだ。優璃花に特別な思い入れなどはなかったし、無事に、無難に、受け取る報酬の分だけ、週二回二時間の家庭教師をこなし、契約の一年を終えることだけ考えていた。

六年前の二月二十六日。優璃花を教える最後の日になるはずだったその日の夕方、見知らぬ番号から悠紀のスマートフォンに電話があった。相手は近くのドラッグストアの店長で、あなたの妹が店の商品を万引きしたと言う。自分に妹はいないと言いかけたが、よく聞いてみると優璃花のことらしい。

保護者の人が来てちゃんと謝ってくれるなら警察には知らせないと言われて、悠紀はすぐにそのドラッグストアへ向かった。優璃花の家には連絡しなかった。間違った判断だったかもしれないが、かつてない優璃花のSOSを感じ取ったのだ。

女性の店員に案内された奥の事務室には店長らしき中年男性が仏頂面《ぶっちょうづら》で腕を組んで立っており、セーラー服の優璃花がぼんやりと座っていた。事務机には奇抜な原色のマニキュアの小壜《こびん》が三つ。

「先生、来てくれたんだ」

優璃花は一瞬だけ微笑んだ。

「ご迷惑をおかけして申し訳ありませんでした」

コートを脱いだ悠紀は男性に深く頭を下げた。

「先生ってばか？　関係ないじゃん。何謝ってんの？」

「優璃花ちゃん、立って、ご迷惑かけた皆さんに謝って——」

スカートの襞《ひだ》を直しながら立ち上がった優璃花は、店長に頭を下げると見せかけてやにわに向きを変え、悠紀に突進した。その手に光るものが見えたのと、身体の左側に焼けつくような温度を感じたのはほとんど同時であった。

悠紀は自分の胴体の左側から果物ナイフの柄が突き出しているのを見た。次の瞬間、かつて経験したことのない激痛が襲ってきて、悠紀は膝から崩れた。赤い染みが見る見るセーターの腹に広がった。

店長も店員も突然の出来事に声も上げられずに硬直していた。音さえない静止画の中で、優璃花だけが動き、声を出した。

「血がいっぱい出てる。先生、死ぬ？　そしたらうれしいな。私も死ぬから」

悠紀は喘《あえ》いだ。生卵のような、そして少し錆《さび》のような味のするなまぬるい液体が口の中いっぱいに広がり、唇をあふれた。

「……先生、痛い？　苦しい？　可哀想。ごめんね。私、ただ先生と……」

女性店員がようやく悲鳴を上げた。

――僕と……何？

聞こえ、なかった――。

ドアを飛び出してゆく優璃花の後ろ姿を、跳ね上がったセーラー服の襟を赤い靄《もや》の中に見たのを最後に悠紀は意識を失った。

気がついた時は病院のベッドで、その日から四日が経過していた。

悠紀を刺した優璃花がその足でドラッグストアの入っているビルの最上階へ駆け上がり、非常階段の手すりを乗り越えて飛び降りたと聞かされたのはさらに後のことだった。

刃は内臓に達していて、感染症を繰り返し発症した悠紀は長い入院生活を送ることになった。

悠紀は被害者だったかもしれない。

だが、優璃花は未成年であった。

家庭教師と教え子。ワイドショーは面白おかしくいろいろに言い立てたようだが、悠紀が退院する頃にはほとぼりも冷めていた。

内定していた会社は父の会社の取引先だった。だから会社の方から悠紀を切ることはなかったが、悠紀から辞退した時にはほっとしただろう。

このまま何事もなかったような顔をして社会人になることなど悠紀にはできなかった。優璃花がなぜあんなことをしたのか――なぜ自分を殺そうとしたのか――なぜ自殺したのか――知らなければどこにも進めないと思った。

罵《ののし》られるのを覚悟で優璃花の両親に会いに行くと、彼らは本心はともかく表面的には恐縮するばかりで、自分たちにも正直わけが分からないのだと声をつまらせながら、優璃花の部屋を見せてくれた。許可を得てずいぶん探したのだが、悠紀はそこに何も見つけることはできなかった。

優璃花の高校にも行った。中学校にも行った。小学校にも行った。ＳＮＳでつながっていた友人たちに話を聞いた。

どこへ行っても優璃花は、目立たなくもなく目立ちすぎもしない、優等生でもなく劣等生でもない、特別な人気者でもない、きらわれることもない、「ほどよい少女」「中くらいの少女」として語られた。

優璃花が万引きする理由はなかった。悠紀を刺す理由もなかった。自殺する理由はさらになかった。

いや、理由はあったに違いないのだが、誰にも分からない。もしかすると誰かは分かっていたのかもしれないが、悠紀には知るすべがないのだった。

悠紀はあきらめきれずに、当時、そこそこ軌道に乗っているイラスト業のかたわら、「変わり者の叔父」の探偵事務所を引き継いだばかりだった透子に調査を依頼した。透子はそれまでのいきさつを聞くと、悠紀がそれだけ調べたのならそれ以上のことは出ないだろうと言い切った。

「たぶん若林くんが気づいてないことで、一つだけ言えるのは――」

透子はまっすぐに悠紀の目を見つめた。

「その子は若林くんが好きだったってこと」

「まさか」

「ちなみに『心中して』は『抱いて』ってこと」

「そんな……いつからそんなことになったんですか」

悠紀は透子のその説には懐疑的だったが、優璃花が悠紀を好きだったにしろ、憎んでいたにしろ、自分は優璃花に対し、そのどちらもの対極である「無関心」を貫《つらぬ》いたのだと後悔をかみしめた。

優璃花を死へ向かわせた理由の、すべてではなくても一端がそこにあるとしたら、僕の過ちは取り返しがつかない。

「若林くん、就職やめたなら暇でしょ？　手伝わない？」

透子の誘いは唐突だった。

「イラストを？」

「探偵事務所の方に決まってるでしょ」

「でも、尾行したりするんでしょう？　僕の顔って晒されたりしなかったんですか」

「ネットで？　あんなの見るの一部の人だよ。だいたい若林くんが悪いことしたわけじゃないでしょ。世間はもう飽きてるし、若林くん背は標準より高いけど何の変哲もない顔だから大丈夫」

「……その使い方って正しいんですか」

悠紀は苦笑し、そのままなし崩し的に透子の助手を務めることが決まったのだ。そして丸五年、働いた。

給料の多寡は言わぬが花として、透子には恩を感じている。基本的に一人で行動するのも気が楽だった。慣れない尾行や張り込みは緊張の連続で、自分の中に渦巻く答えのない疑問や終わりのない後悔に向き合う暇はなく、あとから思えばそれが心の治療になったのだ。

どうせ悠紀をお客様扱いしたに違いない会社で、父の跡を継ぐことを前提に腰掛け的に勤めるよりはずっと有意義な社会勉強ができたと思う。

2

ビルとビルの間に窮屈そうに挟まれて、細長い境内《けいだい》と、金色の宝珠が輝く六角形の瓦屋根がある。いかにも都会の寺だ。この寺院が透子の実家で、その斜め後ろに建つ十階建てのマンションの四〇一号室が透子の住居兼松枝探偵事務所であった。

LDKをロールスクリーンで仕切って、リビング側に接客用のソファセット、デスクとノートパソコンを置き、その奥の洋室は透子がイラストを描く仕事場になっている。

透子が淹れてくれたコーヒーを飲みながら悠紀はこれまでの経緯を詳しく——そうでないといちいち突っこまれるのだ——語った。

メモを取りながら耳を傾けている透子は水色のところどころにレモン色が散った、蜂の巣のような編み目が浮き上がったセーターを着ている。

「文京区の公園で弁護士さんが殺された事件ね。憶えてるよ。そっか、若林くんの伯父さんだったんだ」

「すみません、話さないで」

事件当時はまだ透子の事務所に勤めていて、毎日のように顔を合わせていたのだ。

「別に謝ることじゃないよ」

髪をまとめていたバレッタを何度か留め直していた透子は、しまいに外してコーヒーカップの横に置いた。

悠紀が入部した時、五つ上の透子はOGとして後輩たちに手話の指導をしていた。当時はボランティア系サークルのメンバーにはめずらしく濃い化粧をしていたが、今は眉を少し整えて淡いグロスを塗るだけになり、前髪をつくって、かえって昔より若く見える。

「最初は訴訟絡みの怨恨《えんこん》って言われたんじゃなかった？　でも犯人は被害者の元娘婿で、自殺して被疑者死亡で終わったよね」

「真相は違うと思うんです」

「志史くんが実父の斉木明をそそのかして立原恭吾氏を殺させ、その上で斉木を始末した。志史くんにはアリバイがあるから、斉木を突き落としたのは小暮理都くん。志史くんと理都くんは中学校が一緒で、すごく仲がよかった。途中で仲違いしたふりをしたけど、それは見せかけで、本当はつながってた。斉木が転落死したのは理都くんがオーナーのマンションの建設現場で、ホームレス仲間の話では斉木には支援者がいたらしい。たぶんそれは志史くん。事実、死んだ夜、斉木は楽しそうに誰かと会おうとしていた」

「そうです。斉木らしい男が去年の夏頃から立原家周辺で時々目撃されてる」

「志史くんてどんな子？」

悠紀はスマートフォンをさしだしてホームレスに見せたのと同じ写真を見せた。

「……二十二、だよね？」

「見えませんか？」

「見えるけど、二十年かそこら生きただけで、どうしたらこんな静かな凄みが出るの？」

「実物はもっとです」

「青成学園から映陵大法学部。四年生で司法試験合格……。優秀だね」

「そう思うけど、伯父はあんまり認めていませんでした」

「どうして？」

「斉木の子だから。――半分、斉木の血だから」

透子は眉をひそめた。

「そんなに――つまり殺すほど――伯父さんを憎んでた？」

「家庭教師をしてた時、志史の部屋で教えてたけど、襖を閉めなかったんです。伯父の言いつけだから開けておいてって、伯母が」

「何それ。落ち着かなくない？」

「階段を上がってすぐの和室で、階段の下から丸見えでした。隣は伯父の書斎で」

「若林くんが信用されてなかったんじゃなく？」

「だったらまだいいけど」

「中学生にもなれば家族に隠れて見たいものくらいあるでしょ、普通。人間誰だって一人の時は絶対誰にも見られたくないようなことだってするし」

「おこづかいもなしだったんです。必要なものは何でも買ってあげたし、不自由はさせなかったって伯母は言うけど」

「そういう問題じゃないでしょうに。内緒で欲しいものだってあるし、内緒じゃなくたっていちいち言いたくないし」

「お年玉は伯母が預かって志史名義で貯金してたようだけど」

「それって志史くんが動かせるの？」

「いや、できなかったでしょうね」

「中学生が一円も自由にならなかったってこと？」

「高校でも」

「信じられない。私ならお財布からお金とる」

「そうですね。そのくらいすればよかったんです、志史も」

冷えきった心で理不尽を受け入れる前に。降り積もった怒りと悲しみが殺意を醸成《じょうせい》する前に。

「志史はご飯の後でちょっと横になったり、日曜の朝いつもより遅くまで寝ていることもできなかった。志史の部屋はいつでも生活感がないくらい整頓されて綺麗でした。母から聞いた話では外出には一週間前から許可が必要で、誰とどこへ行くか、何時に帰るかを書いていく。門限は夕食の三十分前、食事の時間は三食決まっていて厳守、ニュースは新聞を読めばいいからテレビは見せてもらえなくて——」

「修道院？」

透子は天井を見上げてため息をついた。

「伯父さんを殺した凶器は？」

「帯状のものって聞いてます。索条痕《さくじょうこん》から、細い紐とか縄じゃなくて少し幅のある——」

「ベルトとか？」

「いや、幅が一定じゃなかったんです。折りたたまれたりねじれたりしたような痕だったとか」

「タオル、マフラー、スカーフ、ネクタイ……」

「そんなところでしょうか」

「伯父さんが殺された現場の足跡が斉木明の履いてたスニーカーと一致したって言ってたけど」

「そうです。模様とか。サイズとか」

「それは斉木の足にぴったりだった？」

「分かりませんが、サイズが合ってなかったら警察が問題にしたんじゃないですか？」

「真っ当な社会人なら問題視されるだろうけど、ホームレスが多少足に合わない靴を履いてでもあえて問題にするかな。まして斉木を犯人にして終わらせたかったわけでしょ、警察は」

透子は足痕跡の偽装の可能性を示唆《しさ》しているのだ。つまりそれは斉木が恭吾を殺していない可能性であり、斉木に罪を着せた真犯人がいるということだ。

「志史くんに自由がなかったのはよく分かったけど、夜中に抜け出すこともできなかったと思う？」

「大学生になってからならできたんじゃないでしょうか」

「ううん、高校の時。高三の時」

「小暮邸は広い屋敷だから中の人間に気づかれずに出入りできると思うけど、立原家はそんなに大きくはないから……」

なぜ高三と限定するのだろうと考えながら悠紀は答えた。

「ただ、伯父がいない時なら、伯母は眠りが深いたちだって言ってたし、一階の奥の部屋で寝てるはずだから、こっそり抜け出せたかもしれません」

「確かめてみたら？　小暮家の火事の日の夜、伯父さんがいたかどうか」

「透子さん、何考えて……志史がアトリエの火事に関係してる……？」

「理都くんが志史くんのおじいさんや実のお父さん殺しにかかわっているって考えるのに、どうして逆はないと思うの？」

その瞬間、眼球に貼りついていた薄紙がはがれ落ちて、視界が一段階クリアになった気がした。

未明の火事。ただ一人起きていて、唯一の証言者となった理都。

理都は決してそこに志史がいたとは言わないだろう。志史を逃がし、志史をかばうだろう。いや、それが二人の仕組んだ火事で、そもそも共犯関係なら……。

「斉木は自殺じゃないと思うのに、どうして万里子さんのことはそう思わないの？」

――本当にそうだ。万里子の自殺の動機ははっきりしない。静人の浮気でノイローゼ気味だったというのは口裏合わせの嘘なのだ。

万里子自身がスピリタス一ダースを注文したのは外商の証言からも確かだが、そういう酒があることを万里子に教えたのは理都だったかもしれない。アルコール度数が強い酒としてではなく、果実酒をつくるのに最適な酒として。

万里子は目覚める希望がゼロに近い昏睡状態で死人に口なしも同然だ。理都が毎週見舞いに行くのは――誕生日に花束を持って病室を訪れるのは――罪のカムフラージュであり、万里子が眠り続けていることを確認して安心するためだという解釈もできる。

ただ、静人に可愛がられていた理都が、静人の大切な絵を燃やしたことだけはすじが通らないのだが。

「それ、綺麗なセーターですね」

悠紀は話題を変えた。

「本当？　気に入ってるんだ、この色。ちょっとめずらしくない？　叔母――この探偵事務所をやってた叔父さんの奥さん――の手編みなの。高校生の頃って私太っててさ。これはもともと高校の時に編んでもらったセーターで、やせたのはいいけどサイズ合わなくなっちゃって。無理にお願いして編み直してもらったの」

「編み直すなんてできるんですか？」

「できるよ――私はできないけど。ほどけば一本の毛糸に戻るから。毛糸は縮れてるけどスチームを当ててるとまっすぐになって編みやすくなるんだって」

悠紀は思わず立ち上がった。

「何、どうしたの？」

「帰ります。正直面倒くさいなって思わないでもなかったけど、透子さんに話してよかったです。本当に」

「あ、そう」

「また連絡します」

「面倒くさかったら別にいいよ」

「そうですか？　ありがとうございます。でも、余裕があったらします」

見送りに立った玄関で透子は身を折って笑い出した。

「元気でよかった。——大丈夫だね、若林くん」

悠紀ははっとして透子を見つめた。透子はいたわるような表情をしていた。

「大丈夫です。——すみません、心配かけて」

「やっぱりちゃんと連絡してよ。横浜帰る前に飲もう」

「——はい」


まず花村に電話をかけて理都の靴のサイズを訊いた。花村は手帳に書いてあると言って調べてくれた。高校三年生の時は二十六センチ。

「それと、理都くんに特定の人物から手紙や荷物が届かなかったですか」

「さあ、そんなのはこなかったんじゃないかしら。……待って、そうそう、確か葉書なら……ええと、これも手帳に……あったわ。イチイレイって人からは何回か葉書がきたの。イチイは何々市の市に井戸の井。レイはりっしんべんに命令の令ね。お友達かしらって名前メモしただけで、日付まではちょっと分からないわねえ」

次に三田家に電話して、美奈子に斉木の靴のサイズが分かるかを尋ねると、身長のわりには小さく、二十六・五か、靴によっては二十六センチを履いていたと教えてくれた。美奈子にはもう一つ訊きたいことがあり、それについても回答を得られた。

田村奈緒にはＬＩＮＥで理都の身長と体型について質問し、返事を待つ間に立原家にも電話を入れた。高子がもう迷惑がっていることは分かっていたし、高子の不興を買うのは決して本意ではないのだが。

「志史の靴？……二十六・五よ」

「斉木が死んでいた時に履いていたスニーカーのサイズは」

「二十六・五よ」

高子はこぼれるため息をとりつくろおうともしなかった。

「刑事の竹内さんも志史の靴のサイズを確かめにいらしたのよ。斉木さんと同じだったら何だというのかしら」

「僕が家庭教師をしていた時、志史の部屋は襖を開け放したままでしたね」

「志史がこの家に来た時からよ。恭吾さんはこの家のルールだと……」

「じゃあ美奈子姉さんもそうしていたんですか？」

「いいえ。あの子は女の子だもの」

「……そうですね」

「志史は最初反発して襖を閉めていたけど、そのたびに恭吾さんに叱られて。言うことをきけないなら出て行っていい、だらしのない生活がしたいなら斉木に引き取ってもらうがいいと……そう言われてあきらめたのね」

「伯父さん、そんなことを？　小さい頃、志史が斉木に暴力をふるわれていたことを知っていながら……？」

「恭吾さんは志史に手をあげたことも、声を荒らげたこともないわ」

「志史はいつまで襖を開けていたんですか」

「高校生までよ」

「夜寝る時も？」

「ええ」

「冬でも？」

「ええ。暖房はあるし、寒いことはなかったと思うわ」

「それじゃあ、夜抜け出すようなことは無理だったでしょうね」

「夜、抜け出す？　家を？」

「できませんよね」

「あのね、悠紀さんがどう思っているか知らないけど、恭吾さんだって私だって志史を監視していたわけじゃないの。だから、しようと思えば——たとえば窓からだって——できないことはなかったと思うわ。ただ恭吾さんは書斎で夜遅くまでお仕事をなさったり、夜中に仮眠をとって明け方からなさったり、かなり不規則なところもあったから、実際には恭吾さんに見つからないように抜け出すのは難しかったんじゃないかしら」

「四年前の二月十三日はどうですか？」

「……急に言われても……」

「十二日が映陵大の入試で、その翌日のことなんですが」

「それなら恭吾さんは名古屋に出張していたわ。志史の入試当日は避けて日程を決めたのを憶えているわ。十三日の朝出発して十四日の夕方お帰りになったの」

――二月十三日の夜、恭吾は家にはいなかった。

「ありがとうございました。それと、志史のスマホの番号を教えてもらえませんか」

「それは私が勝手に教えるわけにはいかないわ」

電話を切ると奈緒から返信がきていた。高三の時の理都の身長は百七十センチくらいで、「並びたくないくらい華奢」だったという。

「ありがとう」と返し、悠紀は深い吐息をつく。

志史がなぜ恭吾に反抗しなかったのか分かった。ピアノを弾くためかと考えたこともあったが、違う。ピアノを弾かせてもらうために表面だけ従順を装ったなどという簡単なことではない。

幼少期に実の父から身体的な虐待を受けて育ち、ようやくそこから逃れて母と新しい父と穏やかに暮らしていたのに――事実、その頃の志史は利発で生き生きしていたという――ある日突然自分だけが切り捨てられた。美奈子と忠彦は自分たちの子供ができたからといって志史を排除したのだ。

恭吾の志史への扱いは苛烈なまでに厳格で、志史は少年としてのあらゆる自由を奪われた。友達と過ごす時間も、息をするように弾いてきたピアノも、音楽に託したきらめくような夢も。

高子も一度として味方にはならず、繰り返される理不尽な叱責の中で、幼い胸に苦痛と恐怖を刻みこまれた斉木のところへ行けと言われたら――。

どうすればいい？　どこに居場所がある？

どこにもない。――帰るところも、行くあてもないのに。

すべての肉親に否定されて、誰にも必要とされない。誰にも愛されない。

志史は遠くからこっそり美奈子たちを眺めたことはなかったのだろうか。睦《むつ》まじい家族を、幸せそうな弟や妹を、決して自分のものにはならない団欒《だんらん》を、唇を嚙んで見つめたことはなかったのだろうか。

初めて――今更、初めて――凍るような志史の孤独が悠紀の胸をえぐった。

――僕にできることは何もなかったのか？

そんなはずはない。何もできなかったはずはない。知らなかったわけではない。

三年近くも家庭教師として、手をさしのべることのできる距離にいた。

気づかなかったわけではない。

恭吾の規律、高子の黙殺。あれもまた虐待なのだと。

それを知らん顔でやり過ごした僕も志史を追いつめた大人の一人だ。──そのことを悠紀は認めないわけにはいかなかった。

──そんな志史にとって、理都だけが……。

二人の名を記したノートを思う。

十二歳の時に図書室で出会った少年たちは二人だけの聖域で何を語り、どんな物語を紡《つむ》いだのだろう？


引っ越し荷物をもう一箱だけ梱包して近所の蕎麦屋《そば》へ食事に行き、シャワーを浴びてからパソコンを立ち上げると透子から〈T-txt.〉の件名でメールがきていた。

〈私の大学三年の甥っ子が青成学園出身なので志史くんのことを訊きました。一年後輩だけど志史くんのことは知ってたよ。

志史くんは定期試験ごとに全教科の予想問題をつくって後輩に売っていたそう。解答と詳しい解説付き。十部限定で一部千円。

買った後輩が翌年後輩に売ろうとしても、あの学校は教師のレベルも異常に高いから年度が替わると傾向が激変したりする（甥は買ったから知ってる）。

それだけじゃなくあの学校の生徒たちにとって何より大事な大学受験にも下手な参考書よりずっと役立つものだったみたい。

Tテキストと呼ばれて、知る人ぞ知るという感じで、成績上位者の間に口コミだけで伝わってた。その存在を知っていること自体が一種のステイタスだった。

甥によるとあの学校の生徒はシビアで、えげつないところもあるから友達にも絶対に言わない。だから学校でも問題にはならなかった。

学力至上主義のあの学校で、常に学年二位か三位だった志史くんへの後輩たちの憧れめいた信頼は絶大なものがあったみたいです。参考までに〉

試験ごとに一万円。定期試験は一年に五回として、高二の一年間で五万円。高三の二学期の試験までそれを売ったとして、四万円。

高校時代、内緒で使えるそれだけの金があったなら……。

メールがきた時間をチェックし、十分もたっていないことを確認して悠紀は透子に電話をかけた。

「メール見ました。情報ありがとうございます。実は透子さんに教えてほしいことがあるんです。編み物のことで……」

第七章　寓　話

1

探偵として初めて対象者を尾行した時のように緊張して、悠紀は午後一時過ぎのバスに揺られていた。小暮邸を訪問するのだ。理都に会えたら、志史との関係も、高子の依頼を受けたことも、今はただ自分が気になって調査を続けていることも、全部さらけだしてぶつかってみるつもりだ。

停留所では悠紀だけが降りた。左右に高い塀の続く道を迷わず歩く。石垣の間の階段を上り、チャイムを鳴らす。

しばらく待ったが、応答はない。

格子窓の並ぶ白い洋館を見つめながら、もう一度チャイムを押した。

一瞬、二階の窓に人の影を——青年というよりはまだ少年の華奢さを持つシルエットと大きな黒い双眸を——見たような気がしたが、錯覚だっただろうか。

迷った末に、三度目のチャイムは鳴らさずにきびすを返した。

どこか安堵している自分がいることを悠紀は自覚していた。理都に会いたいと強く願いながら、同時に、それと同じか、あるいはそれ以上の強さで、会うことを恐れてもいた。

なぜかはよく分からない――志史の分身のように思えるからだろうか。

自宅マンションのリビングで志史と対峙したのは同じ日の夕刻のことだ。

一つしかないソファに志史を掛けさせると、自分はラグにじかに座り、ローテーブルの角を挟んで斜めに向かい合う。テーブルの上で二つのマグカップが湯気を立てている。

あえて夜遅く――高子は就寝しているであろう時間――に立原家に電話して、応対した志史に折り入って話したいことがあると切り出したのだ。志史は予期していた様子で承知した。ちょうど約束の時刻に訪れた志史は革のジャケットを肘に掛け、A4サイズの白い封筒を手にしていた。

「単刀直入に言う。恭吾伯父さんを殺したのはきみたちだろう?」

「たちって、誰のことです?」

志史は落ち着き払って尋ね返した。

「志史と小暮理都くん。令学館中等科で一緒だったきみの――」

親友と言おうとして口をつぐむ。その言葉では足りない気がしたのだ。

注意深く見つめていたつもりだが、志史の横顔にはわずかなさざ波も立たなかった。

「理都のことをどうやって知ったんです?」

志史はただ静かに、切れ長の瞳を悠紀に向けた。

「斉木が転落死した現場に行った。マンションの建築主の名前が小暮理都だった。その名前に記憶があったんだ。きみの家庭教師をしていた時、本の下にあったノート……淡いグリーンの」

「そんなことがありましたね」

「見るつもりじゃなかったけど、表紙に書いてあった名前が見えた」

「それで卒業アルバムを調べたんですね。確かにあれは俺の不注意でした」

「卒業アルバムの中に小暮理都の名前を見つけた。彼をたどっていくといろいろな事件にぶつかった」

悠紀は志史の前に二枚の紙を並べた。パソコンで作成し、プリントアウトしたのだ。

①**小暮直人**《なおと》（2）溺死――五十一年前
九月五日、小暮静人の双子の弟直人が小暮邸の庭の池で溺死。子守の戸田《とだ》みよ子（20）が取り調べを受けるが、殺意・過失ともに立証できず。
②**戸田みよ子**（20）自殺――五十一年前
九月二十日、釈放されたみよ子は、直人殺しを告白した遺書を残して小暮邸の庭で焼身自殺。当時の小暮家の主人（静人の祖父）に性的関係を強要されたこと、夫人（静人の祖母）

に嫉妬されいびられたことを訴えていた。

③藤木《ふじき》（小暮）万里子（29）硫酸通り魔事件――十八年前

十二月二十四日未明、仕事場から帰宅した万里子は自宅マンションのエントランス付近の植えこみにひそんでいた人物に硫酸を浴びせられ顔の右半分に重傷を負う。万里子が見たのは加害者の黒っぽいコートのみ。痴情のもつれ、怨恨などの線から捜査が進められるもはかばかしい進展はなく、容疑者が特定されないまま時効を迎える。

※事件の二か月後、万里子は静人と結婚。

④コーポ曙杉火事――八年前

十二月一日午後十一時頃、コーポ曙杉二〇一号寺井玲美（28）宅より出火。玲美と内縁の夫井上大雅（30）が死亡。原因は井上の煙草の不始末と見られる。二人は玲美の長女で全盲の怜奈（10）に教育を受けさせない、必要な世話をしないなどの日常的な虐待をしていた疑いがある。出火時、怜奈は外に出されていたため助かった。

※この頃、志史・理都（偽装的）決裂。怜奈は福祉型障害児入所施設へ。

⑤小暮邸アトリエ火事――四年前

二月十四日午前三時頃、小暮邸内のアトリエより出火。アトリエ内にいた万里子（42）が重傷、現在まで昏睡状態（乾総合病院に入院中）。理都（18）も顔などに大火傷を負う。出火原因は万里子による放火とされる。動機不詳。

※静人の浮気は虚偽の情報。万里子と不倫関係にあった洋一（70）は事件後認知症を発症し琴風荘へ入所。

⑥小暮静人（52）溺死――昨年

八月十三日午前五時半頃、静人が浴室浴槽内で死亡しているのを帰宅した理都が発見。死亡推定時刻は同日午前一時～二時。侵入者の形跡、争った形跡など不審な点なし。検視の結果、酔った静人が入浴中あやまって溺死したものと断定。

※当時静人と理都は二人暮らし。理都にはアリバイ有り（乾総合病院の万里子の病室にいた）。

⑦立原恭吾（74）絞死――昨年

十一月十日、立原恭吾が愛犬ジョルジュの散歩中に何者かに絞殺される。午前六時二十分頃、ウォーキング中の近所の男性が公園ベンチに座ったまま絶命している恭吾を発見。死亡推定時刻は同日午前五時～五時三十分。

※有馬温泉での同窓会に出席するため普段より一時間早い散歩となった。志史にはアリバイ有り（島田夕華とホテルに宿泊）。

⑧斉木明（49）転落死――今年

一月二十二日午後十一時頃、建設中のマンション（理都が建築主）から転落して死亡。死因は後頭部を強打したことによる脳挫傷。争った形跡などがないこと、斉木が恭吾殺しの犯人である可能性が高い（☆）こと、などから自殺と断定。
※志史にはアリバイ有り（島田夕華とファミリーレストラン）。
☆斉木の着ていたセーターと恭吾の爪から検出された毛糸の繊維が一致。
斉木の着ていたセーターにジョルジュの毛及び唾液が付着。
恭吾が殺されたベンチ周辺の足痕跡の一つと斉木の靴が一致。
動機有り（金を貸してくれなかった・告訴され、恐喝未遂罪で有罪となった逆恨み）。

①②についてはふたたび野崎に連絡をとって詳細を聞いた。先日話を聞いた時はアトリエの火事にだけ意識が向いていたため、半世紀も昔の事件には触れることがなかったのだ。

野崎は親切で、記事に登場した「山中さん」も紹介してくれた。本名は川本《かわもと》といい、八十《やそ》路《じ》を越えてまだまだ元気なようだ。電話をすると息子が丁寧に応対してくれた。旅行中とのことだったので、明日改めて電話することになっている。

常識的に考えれば今回の事件とそれとは無関係だろう。しかし、むだに思えるピースでも小暮家にかかわるものである以上は手に入れておきたかった。

「だてに探偵事務所にいなかったんですね、悠紀さん」

瞳を上げた志史は部屋の隅に積んだ段ボール箱を見、悠紀を見やって冷ややかに言った。

「こんなことをするよりとっとと引っ越し準備を進めた方が有意義でしょうに」

「何か訂正したり、指摘したいところは？」

　志史は長い人差し指で④の※を指し、

「偽装的って何です？」

「中三の二学期の終わり、きみと理都くんは決裂した——田村奈緒さんや杉尾蓮くんはそう言ったけど、演技だったんだろう？　卒業式に制服のネクタイを切り刻んでまで周囲に絶交を印象づけた」

「偽装絶交、ですか？　何のために？」

「二人のつながりを誰にもたどらせないために。令学館中等科の図書室で立てた計画のために」

「計画……どんな？」

「実行された計画は三つ。小暮邸アトリエの火事、恭吾伯父さんの絞殺、斉木の転落死。——順番に火事からいこうか。万里子さんは舅の洋一氏と長い間不倫関係にあって、静人氏はそのことで苦しんでいた。理都くんは養父の静人氏に可愛がられていたらしいな。理都くんは何か口実をもうけて万里子さんをアトリエに呼び出す。そこにはきみが隠れている。あらかじめ部屋の真ん中あたりにキャンバスを——たぶん失敗作とか静人氏が気に入っていなかった絵だけ——集めて、スピリタスをふりかけておく。万里子さんは理都くんを呼びながら中へ入ってくるだろう。万里子さんがキャンバスに一番近づいた時、きみはそこへ向かって、まるめた新聞紙か何かに火をつけて投げる。すぐ外へ飛び出してドアを押さえる。押さえ続けるのは危険だから、開かないような細工をしたんだろう。鍵が掛かっていたという理都くんの証言は嘘だ。窓は嵌め殺しだった。いずれ熱風で割れたとしても、その頃には中の人間はもう……。そこへ理都くんが駆けつける。これは証言通り部屋の窓から木を伝って下りたんだろう。そしてきみを逃がした。あれだけの広い屋敷の庭で、まして午前三時じゃ近所の人間もなかなか異変に気づかない。きみはセキュリティ・カメラを避けて誰にも見咎められることなく小暮邸を出た。一方の理都くんはドアを壊して助けに飛びこむ――手遅れを承知で」

「万里子さんを助けるために、理都がどれだけの傷を負ったか分かっているんですか？」

「もしかしたら疑われないために軽い火傷を負おうとして――」

「悠紀さん」

志史がさえぎった。つとマグカップを持ち上げて、

「それ以上言うなら、俺はこのコーヒーをあなたの顔にぶちまけて帰ります」

物言いは淡々としていたが、白目が凄絶にきらめいている。

「そういう可能性もあるかもしれないと思ってしまっただけだ。すまない、軽率だった」

「――疑問が二つあります。一つは、それなら万里子さんだけじゃなくその相手も殺さなければフェアじゃないってこと」

「最初は殺す計画だったんだろう。でも洋一氏は青成学園の音楽の先生で、きみに音楽室のピアノを弾かせてくれた。だから殺すのを免除した」

「一応、そのくらいは考えていたんですね。疑問のもう一つは殺そうとした母親をどうして生かしておくのかってことです」

「延命措置を決めたのは静人氏だろう？」

「理都の本意ではないということですね」

「次は恭吾伯父さんの事件だけど、動機は言う必要がないと思う。きみにはアリバイがあって、実行者は理都くんだ。きみと完全に関係を断った——そういうことになってる——理都くんの名前が捜査線上に上がることはない」

「犯人は斉木の父ではないとする根拠は？」

「ジョルジュはどうして吠えなかった？」

「それがそんなに重要ですか？」

「いくらジョルジュが大人しくても斉木が近づいたら吠えると思う」

「理都なら吠えないんですか？」

「斉木は飼い主の伯父さんが憎悪する人間だ。でも、理都くんならきみに近い匂いがするんじゃないかな」

「実の父である斉木より？　本気ですか？」

「念のため理都くんはきみの洋服を着ていたかもしれない」

「俺は斉木の父に服を貸したのかもしれませんよ」

「サイズが合わない」

「コートや上着なら着られます。ジョルジュは可愛い犬ですが、それほど賢くも忠実でもないですよ。餌で手なずけることもできるでしょう」

「……そうかもしれない」

それは認めざるをえなかった。

「セーターと足跡の証拠についてはどう考えているんです？」

「きみは二十六・五センチ、理都くんは二十六センチ、斉木はその中間。スニーカーなら全員同じサイズを履けないこともない。斉木が死んだ時履いていたのは二十六・五センチのスニーカーで、これが現場の足跡と一致した。メーカーに問い合わせたら、七年前の五月から約二年間販売していたそうだ。伯父さんたちに気づかれずに、きみと斉木は接触していた。判決後しばらく姿を消していた斉木は、晴れて執行猶予期間が明けるときみの周辺をうろうろしだした。斉木の判決は懲役二年執行猶予四年だから、きみが十五歳の時には明けた。金をたかることだけが目的だったのか、少しはきみに会いたい気持ちがあったのかは分からないけど、きみは斉木を恭吾伯父さん殺しの犯人に仕立てることに決めた」

「スニーカーを買ったんですか？　俺が？」

「そうだと思う。理都くんが代わりに買ってもいいけど、金銭的なことで理都くんに頼るのはきみの気持ちがすまなかっただろうから。二足買って、一足は斉木に、一足は理都くんに渡したんだ」

「七年前の五月から二年間……つまり高校生の時ということですね。あなたは中学高校時代の俺が一円たりとも自由にならなかったことを知っていると思っていました。三田の家から持ってきた貯金箱まで取り上げられたんですよ」

「Tテキスト」

志史の表情が初めて動いた。笑ったのだ――小さく。

「高校の時、きみは後輩に手製のテキストを売ってた。じゅうぶんなこづかいになったとは言わないけど、普通のスニーカー二足ならおつりがくる」

「よく調べましたね。校内でも知っていたのはごく一部なのに。だけど立原の父殺しを実行する日まで斉木の父がそのスニーカーを履いてくれる保証があったと思いますか？　ホームレスの生活なら履きつぶして終わりですよ」

「誘導することはできる。弁護士になったらもっといい靴を何足も買ってあげられるけど今のおこづかいではこれがやっとなんだ、だから大事に履いてほしい、何か特別な時や自分と会う時だけ履いてほしいと言う――とか」

「けなげですね。俺が斉木の父にそんなことを言うんですか？　斉木の父がその通りにするんですか？」

「したろう。きみにとりいるために」

「それで理都がもう一つのスニーカーを履いて立原の父を殺したというんですね」

「理都くんも適当に履き慣らして、適当にすり減らしていたんじゃないか。伯父さんの殺害日は決めてあって、きみはその頃に斉木と会って斉木のスニーカーの状態を確かめた。もうなくしていたり、あまりにぼろぼろだったりしたら現場にははっきりした足跡を残さないようにしたんだろう」

志史はそれが正しいとも間違いだとも言わず、

「セーターは？」

「斉木が着ていたセーターにはジョルジュの毛と唾液が付着していた。伯父さんの爪の中の遺留物とその繊維が一致した。足跡は状況証拠としても、こっちは物的証拠だと僕も思った。だから最初は斉木が実行犯だと考えたんだ。きみが操ったんだろうって。でも、斉木に殺人はできないんじゃないかって思い直したのと――」

殺人という行為をわずかでも賛美するのではないが、それを犯すには斉木はあまりにも小物なのだ。ストレスのはけぐちに幼い子供を虐げたり、元妻をレイプするなどと脅迫したり、挙げ句の果てにかつて虐待したわが子に涙金をたかることしかできない男だ。頭に血が上れば何をするか分からない衝動性はあるだろうが、冷徹に計画された殺人は似合わない。

「理都くんときみの関係を知って、どうして決裂したふりをしたのか考えた時、きみたちは図書室で完全犯罪の計画を練り上げていったんじゃないかと思った。そのプロローグが絶交の偽装だったんじゃないかって」

「先走らず、セーターのことを聞かせて下さい」

「立原家の美奈子姉さんの部屋のクローゼットに淡いオレンジ色の手編みのセーターが入ってる。浅いVネックで、メリヤス編みって言ってたかな。斉木が死んだ時に着てたセーターと同じ形だ。美奈子姉さんの話だと、斉木は舞台衣装を自分で縫ったり、既製服に手を加えて装飾を施したり、縫い物はかなりの腕だったけど、編み物はそこまで得意じゃなくて、その編み方しかできなかった。それでもつきあった最初のクリスマスに美奈子姉さんのために編んだ——ペアで。美奈子姉さんはどうしてもそれを捨てられなくて、離婚する時に両方持って帰った。美奈子姉さんのクローゼットには斉木のセーターも入っていたはずなんだ。グレーがかった紺の——斉木が死んだ時に着ていたセーターが」

「それがクローゼットからなくなっていたってことですか？　立原の母や美奈子さんはなぜそれを警察に話さなかったんでしょうね」

「高子伯母さんは斉木のセーターが家にあったことを知らない。美奈子姉さんは志史が見つけて斉木に叩き返したと思ったと言ってた」

「美奈子さんが警察に話さなかったのは俺をかばったとでも言うつもりですか？」

「美奈子姉さんはきみが事件にかかわってるなんて想像もしてない。それは話した感じから分かる。だからきみをかばったっていうより、きみを事件にかかわらせたくなかったってことじゃないか？」

「話したってよかったんですよ。俺はこう言うだけです。斉木の父のセーターなら確かにありました。見たくもないので何年も前に捨てました」

「そう言えば通るだろうな」

「あの男がセーターを編んだのはその一回だけってわけじゃないんですよ。色と形が同じだからって同じセーターとは限らない」

悠紀は志史のセーターに視線を向けた。紺とは違う濃いブルーと黒が斜めに、大胆に切り替わっている。

「それ、手編みか？」

「え？」

「理都くんは万里子さんの見舞いに行くとよく窓辺で編み物をしてるって、乾総合病院の看護師が話してくれた」

「それが……？」

悠紀は寝室へ行って、透子から借りたカフェオレ色のセーターと、透子に訊いて買った金色のかぎ針をとってきた。高校の家庭科でしぶしぶ編んだというセーターは今の透子のゆうに一・五倍は幅が広く、「処分していいよ、むしろして」と言われている。

透子に教わった通り、悠紀はかぎ針でセーターの袖ぐりを掘り、身頃に綴じ合わされていた片袖を外した。袖下の綴じ糸もほどいて平らに開く。

袖山にはみだした毛糸を引くと、編み目がするするとほどけた。

編み目はどんどんほどけて、長い、縮れた一本の毛糸になった。

志史は醒めたまなざしで悠紀がするのを見ていた。

「きみは斉木のセーターを理都くんに渡したんだ。理都くんはそれをほどいて、マフラーのような——凶器を編んだ」

「立原の父を殺した凶器？」

「全部ほどく必要はない。袖——分量的に両袖かな——だけでいい。理都くんはそれで伯父さんの首を絞めた。わざわざ凶器を編まなくても束にした毛糸で絞めればよさそうなものだけど、それだと毛糸そのものの索条痕が残って、凶器の毛糸を使ってセーターを編んだことを警察に教えることになる。斉木自身が編んだ可能性は消えないとしても、真犯人がセーターを編んで斉木に渡した可能性を示唆してしまう。帯状に編んで、スカーフか何か柔らかい布で片面を覆って絞めれば伯父さんの首に繊維は残らない。かきむしった爪にだけ残る」

「セーターを着て殺すのではだめなんですか？」

「それだとセーターをかきむしらないかもしれない。確実に爪の中に遺留物として繊維を残すために凶器を編んだんだ。ジョルジュの唾液をつけるのは簡単だ。マフラーの端を嚙ませてもいいし、ジョルジュの口の中に押しこんでもいい。犯行後、理都くんはもう一度元通りのセーターに編み直してきみに渡した。慣れた人間なら一か月もかからずに編めるって聞いた。袖だけならもっと早くできるだろう。それでも微物を残さないように、細部の細部まで神経をつかって編むのは並大抵のことじゃない。手袋をして編んだんだと思うけど、想像しただけでもやりにくそうだ。それに、編む人によって編み目が変わってくるらしいから、元通りの編み目にするには力加減を試行錯誤したんだろうな。――そうやって元通りになったセーターをきみが斉木に渡す。冬に向かう季節で、斉木が着ないはずはなかった」

「あなたの推理は分かりました。言いたいことはありますが、あとにします。斉木の父の転落死についての考えを聞かせてくれますか」

「斉木と親しかったホームレスに話を聞いた。あの夜、斉木はデートだってうれしそうに最終バスに乗って出かけたそうだ。呼び出したのはきみで――」

「あんな場所に？」

「斉木は息子と一緒に綺麗なマンションで暮らすんだって自慢してたんだ。その人は妄想だと決めつけていたけど、実際きみは斉木にそんな話をもちかけたんじゃないか？　完成前だけど見てほしい物件があるとでも言って、斉木を呼びつけたんじゃないのか？」

「俺にはアリバイがあるから、そこに理都が待っていたわけですね」

「ここまで来て、と、声色をつかって上がってこさせたか、最上階を買うつもりだからとでも言ってあらかじめ上ってくるように指示していたか」

「それで突き落としたと言いたいんですね、理都が」

「違うか？」

「一つあなたの知らない情報を教えてあげましょうか。斉木はあの場にダイイングメッセージを残していたんです」

初耳だった。

「自分の頭から流れ出た血で」

「何て？」

「ダイイングメッセージには短すぎますが」

志史は空中に片仮名の「イ」の形を書いた。

「イ……？　それともにんべん？　何か書きかけてこときれた？」

「これは報道規制がかかったんです。ほぼ自殺で決まりなのに、いらない憶測を呼ぶようなことをしてもしかたない、と」

「きみはどう思ってる？　斉木は何を書こうとしたと？」

「書き順は違いますけど、こういうのはどうです？——私が立原恭吾を殺しました」

「それはおかしいだろう？　覚悟の自殺だったら飛び降りる前に書き遺したはずだし、死ぬ寸前にそう書こうとしたなら自殺じゃないってことになる」

「自殺しようとして、遺書を書く前に足をすべらせたんですよ。それなら事故だけど本質は自殺です」

「そういう可能性もなくはないだろうけど」

本当は、一つ悠紀が思いついたことがある。だが、それを志史の前で口にすればその瞬間志史は立ち上がって出て行き、二度と呼び出しに応じないだろう。

いや、たとえ志史がいなくても口にすることがはばかられる言葉だ。

「それなら悠紀さんはどう思いますか？」

涼しい声で問われて、自分は試されているのだと悠紀は思った。

――わずか二画のダイイングメッセージ。にんべんと考え、書きかけの漢字と判断し、短く端的に犯人を表す言葉を書こうとしたのだと想定するなら、思いつく言葉は――。

決して口にはできないし、思いついた自分を殴り倒したいくらいだが、それは――「化物」、だ。

理都は足場の一番上で待っていた。左側、火傷を負った方の顔を斉木に向けて待ち、斉木が上がってきたところで懐中電灯で自分の横顔を照らして見せる。突き落とすまでもなく斉木は悲鳴を上げて勝手に転げ落ちる。

もちろん図書室で計画を立てた時には「高いところから突き落として殺す」くらいの曖昧

な青写真だったのだろう。マンション建設の具体的な予定もなく、いくら火事を仕組むつもりでも顔に火傷を負うことなど想定していないだろう。

「斉木が何て書こうとしたのかは分からないけど、きみたちにしては危ない橋だったたな。もし斉木を目撃した会社員がその場で飛びこんでいたら、斉木は決定的な何かを告げえたかもしれない。理都くんが足場から下りてとどめを刺しに行くより、その人が駆けつける方が早い。現場に立ち入らなくてもすぐに一一〇番していたら、理都くんは逃げられたかどうか」

「あなたの頭の中ではそこに理都がいたことはくつがえらないんですね。理都はオーナーだし、不審者に声をかけたら勝手に落ちたとでも言えばいいんじゃないですか」

「そんな時間にどうしてそこにいたか説明を求められる」

「昼間、現場に行っておけばいい。作業員とも顔を合わせておいて、その時に落とし物をしたことにするんです。落とし物にさっき気がついたと言う。わざわざ夜に取りに行く必然性のために、ある程度高価なものや必要なもの。あなたは――」

志史のまなざしが悠紀の瞳を射抜く。

「理都と俺が中等科の図書室で殺人計画を立てて、卒業してから七年かけて実行したと言いたいみたいですが、理都と俺がずっとつながっていたとして、どうやって連絡をとったと思うんです？　どうやって実行の日や場所を決めるんです？　大学生になってスマホもパソコンも持てるようにはなりましたが、履歴を残せば理都とのつながりを証明することになる」

「古典的だけど、手紙は？」

「俺から理都へはそれでもいいでしょう。でも、俺あての手紙を立原の父が検閲しないとでも？」

恭吾はそこまでしたのか……したのだろう。厳しく接すれば接するほどその反動を警戒して。負の連鎖だ。

「葉書は？　暗号的な文面にして、差出人は市井怜、とか」

志史の表情は変わらない。

「情報源は花村さんですか？　それなら文面も聞けたんじゃありませんか？」

「花村さんも内容まではメモしてなかった」

「地図でも描いてあったんでしょうか？　理都に貸したっていう俺の服や、セーターやスニーカーをその場所に埋めておくっていうのはどうですか？」

揶揄しているのだ。

揶揄しながら、セーターやスニーカーをどうやってやりとりできたのか説明できるならしてみろと挑んでいる。

志史が理都にセーターを渡すのは中等科の時に学校でできたかもしれない。だがスニーカーは無理だ。発売前なのだから。

理都から志史にセーターを渡すのも、恭吾はもういなくても、高子の印象に残るような送り方は賢明とは言えない。

「宅配便は記録が残ります。差出人をでたらめに書きますか？　俺が送る方はそれでよくても、理都が編み直したセーターを俺は受け取らなければならない。立原の母に知られずにどうやって受け取るんです？　郵便局留め？　職員が憶えていそうですね」

「小暮洋一氏に託して学校で受け取っていたとか……いや、それもないな」

無自覚の共犯者は裏返せば不利な証人に変わる。

「見知らぬ他人同士のふりをして、駅のホームのベンチで隣同士に座って、紙袋か何かに入れたのを真ん中に置いて、さりげなく持っていくとか、かな」

「場所と時間を指定できるなら可能でしょうね。それから、これは根本的なことですが、中学の時にすべて計画したと言うなら、その時からジョルジュを飼うことが分かっていたことになりますが」

「古稀《こき》をめどに現役を退きたい。引退したら犬を飼おうと思う。朝夕の散歩はいい運動になるだろう。伯父さんはそうおっしゃってた。実際には七十一歳で引退されたけど、伯父さんはいいかげんなおしゃべりをなさる人じゃなかっただろう？」

「理都が俺のためにしたことと、俺が理都のためにしたことはバランスがとれていないと思いませんか？」

「さっきも言ったけど、最初は洋一氏も殺す計画だったんじゃないのか？　それなら二人ずつだ。理都くんが負った傷が大きかったのは不幸なことだったけど、そもそもきみたちの関係はどっちが損とかどっちが得とか、そんな形而下的な——」

「あなたに何が分かるんです？　俺たちの何が」

志史の瞳に、銀蒼色《ぎんあお》の刃文《はもん》が波を打った。

「俺のことはともかく、理都のことを嗅ぎ回るのはやめてもらいたいですね」

「めずらしいな」

「何がです」

「志史が怒るのを初めて見た」

いや、二回目か。さっき、理都はわざと火傷しようとしたのかもしれないと口をすべらせた時も……。

「俺には感情がないとでも思っているんですか」

「そんなふうに思ったことはないよ」

ただ、こんな激しさは想像もできなかった。

「志史たちが通っていた頃、令学館中等科の近くにコーポ曙杉というのがあって、女の子が住んでた。名前は怜奈。きみたちのノートの物語にはレイナって名前の盲目の少女か天使が出てくるんだろう？」

「天使の少女です」

「コーポ曙杉の怜奈も盲目だった」

「コーポ曙杉は校門とバス停の間にありました。理都と俺は遠回りをして毎日学校の帰りにその前を通ったんです。二階建てで、外階段があって、共用廊下が道路側を向いていた。最初会った時、怜奈は二階の端の部屋の前でボールをついて遊んでいて、そのボールが手すりを越えて足元に転がってきたんです。鈴の入っているボールで、リンリンっていう音が鳴った。階段を上ってボールを渡しに行くと、いきなりドアが開いて男が出てきてこっちを睨んで、怜奈を乱暴にドアの中に引っ張りこみました。その後、ドアの中からか細い悲鳴が聞こえた気がして――そんなかすかな気配のようなものを感じた気がして。それが気になって、通る時コーポに目を向けるようになると、怜奈はいつもそこにいました。もうボールは持っていなくて、ただ膝を抱えて座っていた」

　彼自身の口からそんなエピソードが聞けるとは思わなかった。悠紀は少し信じられない気持ちで志史を見つめた。

「最初に声をかけたのは理都でした。怜奈はやせっぽちで、まだ五つくらいに見えたけど、もうすぐ八つになるところでした。いつも裸足で、全体的に清潔じゃなくて、虐待を受けていることはすぐに分かりました。そのうち怜奈の方が階段を下りて待っているようになりました。ひたむきになついてきてあんまり可愛かったから、物語の中に天使として登場させたんです」

「理都くんが文芸部の作品集を出せないような方向に持っていったって聞いて、あとに残したくないことが書かれていたんじゃないかと思ったんだ。たとえばノートの物語にはきみたちの殺害計画がちりばめられていて、杉尾蓮はよりによってそういう部分を盗作したんじゃないかって」

「杉尾が切り取ったのは設定を考えながら案を書き散らしていたページです。どうでもいい部分だからほうっておいたんです」

志史は封筒から一冊のノートを取り出した。淡いグリーンの表紙。金色の蔦のふちどり。記された二人の名前。

「どうぞ、読んで下さい。あなたの妄想する殺人計画が書いてあるかどうか」

無造作にさしだされて、まるで表紙に毒が塗ってあるのではないかと疑うように、一瞬悠紀は躊躇《ちゆうちよ》した。

「理都に許可はとってあります。ただし今ここで、俺の目の前で読んで下さい。貸すつもりはないですから」

「いいのか？　どうして？」

「あなたが目ざわりだから。理都や怜奈のことを中途半端に聞きかじって中途半端な推理を組み立てているのが我慢できないからです」

志史は淡々として、容赦なかった。

「それに、あなたは大きな勘違いをしてる。その勘違いが許せないんですよ」

タイトルは『彼方の泉』。主人公は二人――〈僕〉と〈彼〉。短い章ごとに〈僕〉と〈彼〉が入れ替わり、交互に語り手になる構成になっている。

二人は美しい泉のほとりに住んでいる。泉の向こう岸には何もない。ただ〈時〉が宇宙となって、恒星をちりばめてなだれ落ち続ける。

泉のこっち側は果てしない森が広がり、森にはユニコーンやキマイラなどの幻獣や、絶滅した動物たちが棲息している。ドードーやモア、リョコウバト、ニホンオオカミ、ケープライオン……絶滅したのが比較的最近である種は泉の近くにいて、泉にしじゅう水を飲みに訪れ、二人に馴れている。

泉から遠ざかるほど、昔に絶滅した種たちがいる。遙か果てには恐竜たちが闊歩《かっぽ》しているはずだと二人は話す。まだ見たことはないけれど。

ある時モアが背中に天使の少女を乗せてきたことから二人は天使がついに絶滅したことを知る。

レイナと名乗る天使の少女は両翼をもがれ、両眼をつぶされていた。

無邪気なレイナはすぐに二人にうちとけて、ヒトである二人がなぜここにいるのか聞きたがる。ここは絶滅した種たちの安息地なのに――。

二人がレイナに過去を語るという形で物語は進む。

二人が志史と理都であるとして、志史の投影と思われる方をS、理都の投影と思われる方をRとすると、Sが〈僕〉である時の書き手は志史で、Rが〈僕〉である時の書き手は理都だ。そこにねじれはないが、それぞれ語るのは相手のことである。「彼はね」と、レイナに向かって語るのだ。

〈Sは滅びゆく星の竪琴弾きだった。七絃の竪琴。Sは滅びゆく国々をめぐり、出会った人人からその思いを聞く。望まれるままにレクイエムを奏でると、人々はそれを聴きながら死んでゆく。ついにすべての国が滅び、すべての人々が死に絶えて、星にはS以外誰もいなくなる。それでもSは歩き続ける。西南西へ——。

一本目の絃が切れた時大地が途切れ、二本目の絃が切れた時海が途切れ、Sの足元にはいつしか銀河が広がっている。

六本目の絃が切れた時、蒼く美しい星にたどりつく。

そして最後の絃が切れた時——。

Rは戦乱の世の少年兵だった。世界には兵士しかいない。小国が入り乱れて大地を奪い合い、もう何万年も戦争を続けているのだ。

ある時Rは美しい被毛を持つ小獣を拾う。ひそかに可愛がっていたが、王に見つかり、襟巻にすると取り上げられる。Rはその子を助けてほしいと懇願《こんがん》する。王はRが「身も心も余のものになるなら願いを聞いてやる」と言う。Rはそうするが、王は約束を破って小獣の皮をはぎ、襟巻にしてしまう。

悲憤は炎となってRの身を包み、王を、城を、王都を焼き尽くす。自らの身を焼きながらRは歩き続ける。すでに戦いで大地のほとんどは焦土《しょうど》となり、死体の山ができている。やがて細胞の最後の一つまで灰になったRは宇宙空間へ舞い上がり、何かに導かれるように漂う。東北東へ。

灰は瑠璃《るり》色の星にたどりつく。そして——。

最後の絃が切れた時、Sはメタセコイアの林の中に立っていた。その身体はたちまち朽《く》ちて骨までも土に還った。そこに真っ白な灰が降りそそいだ。

気がつくと二人は一緒にモアの背中に揺られていて、この泉のほとりに運ばれたのだ。

Rの祈りはレイナの目に光を与えた。Sが絃のない竪琴を奏でると旋律はレイナの背中で純白の翼になった〉

「今読むと自分たちを特別な存在のように書いているのが気恥ずかしいですね」

「僕の勘違いって？」

「分からなかったならいいんです」

志史はノートを封筒にしまって立ち上がった。

「理都のことはそっとしておいて下さい。これ以上の詮索は無意味です。資料は全部あなたの手元にある。それでも知りたいことがあるなら俺に訊けばいい」

「訊いたら答えてくれるのか？」

「それは質問によります」

電話番号を記したメモを置き、ジャケットを拾って志史は出て行った。

2

「もう五十年も前のことになるのね。忘れたことはないけれど、普段は忘れたふりをしているのよ。あんまり悲惨な事件だったから」

電話を通して声を聞く川本の声は若々しく、言葉もしっかりしていた。

「みよちゃんね……可哀想に。大奥様がきつい方でね。相性が悪かったんでしょうね。その上大旦那様には……でしょ？　色目を使ったなんて、大奥様にはますます目の敵《かたき》にされて。

色目どころか怖がっていたのに。思いつめて、薬局にお勤めしてたっていうお友達から硫酸を手に入れて、隠してたくらいだったのよ。今度襲われそうになったら大旦那様をこれでおどしてやるって。もちろん本気じゃなくて、お守りみたいなものよ」

「硫酸――」

「みよちゃん、釈放されてからまたお屋敷に戻ったのよね。直人ぼっちゃんのことは一応みよちゃんのせいじゃないことになったけど、子供を死なせてしまった子守なんてほかに働き場所はないから、いやでも戻るしかなかったのよ。みよちゃんも辛抱してお勤めしていたけど、ある時隠し場所から硫酸の壜がなくなってね。それからのみよちゃんの怯え方は普通じゃなかった。私が肩に手をかけただけで悲鳴を上げて腰を抜かしたこともあったくらい。私も怖くなってね、ちょうど新しいお勤め先も見つかって、すぐお暇を頂戴したのよ。何だかねえ、みよちゃんを見捨てたみたいになってしまって」

電話の向こうのため息は深かった。

みよ子はおちおち顔を洗うことも、ぐっすり眠ることもできなくなったに違いない。誰が硫酸の壜を持っていったのか。主人か、夫人か。いつ襲われるか――。

幼子を殺したことへの罪の意識が恐怖心を加速させ、みよ子の精神を破壊して焼身自殺へと向かわせたのだろう。

悠紀は礼を言って電話を切った。続けて野崎にメールを打ち、ぜひもう一度話が聞きたいこと、電話していい時間を教えてほしい旨を送ると、真夜中に野崎の方から電話をくれた。

「何？　どうしたの？」

「お忙しいのに申し訳ありません」

「いいから用件言って」

「小暮万里子さんが硫酸をかけられた事件のことをご存じかどうか、ご存じなら詳しいことをお聞かせいただきたくて」

「知ってるよ、もちろん。字数の関係で記事には書かなかったけど。事件に関する手持ちの資料をメールで送ればいい？」

「はい。あと万里子さんの勤め先のクラブの名前と、できればその時の源氏名を」

「クラブは八丁目の二藍《ふたあい》って店。当時茜《あかね》って名乗ってたチーママが引き継いで、わりとカジュアル化して今も営業してるよ。小暮万里子の源氏名は桜子《さくらこ》。あの美貌は硫酸事件とセットで今でも銀座の語り草だ」


二月二十六日。悠紀は午前中に埼玉県にある霊園を訪れた。花屋に背高泡立草は売っていないし、そもそもあの花が咲くのは晩夏から秋にかけてだ。結局無難な仏花を選び、優璃花の墓前に供えて線香を焚《た》いた。

——来年また来るよ、誕生日に。

返事は聞こえなかった。

いるべきところにはいないんだな、と、苦笑する。

いったんマンションに帰り、夜は銀座に出かけた。

二藍の入り口では黒服が悠紀の腕時計にすばやく視線を流し、おもむろにドアを開けた。

成人の祝いに父から贈られた時計をつけてきたのは正解だったかもしれない。

それほど大きな店ではなく、明るいとも暗いとも形容しがたいシャンデリアの下には七、八人のホステスがいた。客は数人。ついてくれた女の子に好きな飲み物と食べ物を頼むように言って、おしぼりで手をふいていると、胡蝶《こちよう》の舞う藤色の辻《つじ》が花《はな》を下品にならぬ程度に玄《くろ》人《うと》風に装った女性が、「お初めてでいらっしゃいますね、ようこそ」と挨拶にきた。

「茜さん、ですね?」

通いつめて常連になる時間もない。もちろん資金もない。まわりくどい訊き方も得意ではない。

「突然申し訳ありません。僕は若林といいます。お時間はとらせませんので、少しお話を聞かせていただきたいんです。閉店まで待ちますし、日時を指定していただいてもかまいません。十八年前のことで」

茜は一瞬だけ目をまるくしたが、すぐにあでやかに微笑を咲かせて、

「よろしいですわ。今お話ししましょう。私の好きなボルドーのロゼワインを飲みながらで

したら」

目で促《うなが》して女の子に席を外させる。海千山千——とまではいかないが、それぞれに百年ずつくらいは棲んだようにも見える茜の、きらびやかな人工の明かりに映える厚化粧を見つめ返した悠紀はとっさの判断で身分を偽ることをやめた。

「僕はある事件の被害者の甥で、事件について調べているうちに、十八年前の出来事が関係しているかもしれない可能性に思い当たったんです。それで当時こちらに勤めていた桜子さんのことを——」

桜色の液体の透けるワインボトルをボーイがうやうやしく運んできて、悠紀は言葉を切った。

ひざまずいてコルクを開けるのを見て、初めて値段に考えが及んだ。いったいいくらだろう？

——そこまでやるのは誰のため？

耳元で優璃花の声がささやく。

——志史って人のため？ 先生自身のため？

たぶんあとの方だよ、と心の中で悠紀は答えた。

もう優璃花を救うことはできない。志史を救うこともできない。

そんな力もないし、資格もない。もしかしたら救えるかもしれない時に手をさしのべなかった。

それでも志史はまだ生きている。

そう……生きて、いる。

グラスをとって口をつけた。乾杯しようと待っていたらしい茜が苦笑してグラスを置いた。

「桜子さん――本名藤木万里子さん――憶えていらっしゃいますか」

「桜子ちゃんは本当に綺麗な子でした。あの子は私がスカウトしたんですの。初めてお店に来た時は学生で、未成年だったんです。内緒ですけど」

流れるような挙措《きょそ》の茜は流れるような物言いをした。

「地方都市の父子家庭で育った子で、高校を卒業して東京の短大に入学したんです。それから一年もしないで父親が再婚すると、それを境に仕送りがこなくなったそうです。それで生活費と学費を自分で稼がなければならなくなって」

若く、きわだった美貌の万里子は素人くささも受けてたちまちナンバーワンに迫る勢いになった。もともとこの水が合っていたのか、短大をやめてホステス一本で働きはじめた――。

「途中、出産していますよね？」

「一年で復帰しましたわ。異例かもしれませんけれどね。それだけ価値のある子だったんですの」

「いいお客がたくさんついていたんでしょうね」

「ええ。当時は今よりずっと高級なお店でしたし」

「小暮静人さんもそんなお客さんの一人だったんですか？」

「桜子ちゃんのご主人ですわね。最初は画家の方が連れていらっしゃったんです。お名前を申せば若林さまもきっとご存じなくらいのご大家です。小暮さまが美術雑誌に発表された、その方の初期の作品に関する評論がお気に召されたのだそうです。その時に席についたのが桜子ちゃんで、小暮さまは一目ぼれなさったようでした」

それから静人は一人で通いつめた。金払いもよく、ホステスに絡まず、二時間ほど大人しく飲んで帰る静人は、それはそれで上客と言えた。手にさえ触れない静人を万里子も歓迎した。

ある時こんなことがあった。万里子を敵視していた後輩ホステスが静人の前で「桜子さんは胴も腰もこんなに細くて子供がいるなんて信じられない、いつまでも綺麗で本当にすごい」と口にしたのだ。もちろんあってはならないルール違反で、後輩ホステスはその日のうちに解雇されたが、万里子は「そうよ、この子なの、可愛いでしょ？」と澄まして静人に子供の写真を見せた。

それは万里子が客としては静人を軽く見ていたということだが、一方で気を許していた証左でもあり、少し意地の悪い見方をすればこの時すでに結婚の二文字が念頭にあったとも考えられると茜は言った。

「ただ小暮さまにそれが分かっていらっしゃったか……。桜子ちゃんの美しさや桜子ちゃんをとりまくきらびやかな肩書の方々に圧倒的な引け目を感じていらしたようですから」

「万里子さんはむごい事件の被害者になりましたが」

茜は左右対称の弧を描く眉の根を寄せた。

「本当に、誰があんなひどいことをしたんでしょうかしら。ですけど、あの事件が桜子ちゃんと小暮さまを結びつけたとも言えますの。小暮さま、桜子ちゃんが顔に傷を負ったことでようやく対等になれた気がすると、ママに——当時のママですわ——打ち明けたそうですの」

「事件の夜も小暮静人さんは店に？」

どうだったかしら、と、茜はマスカラのたっぷり塗られた睫毛を二度またたいた。

「もし思い出したらお電話いただけますか」

悠紀は手帳を破って電話番号を記し、茜に渡した。

「お役に立てましたかしら？」

「もちろんです。営業中に申し訳ありませんでした」

「よろしいんですのよ。お客様としていらして下さったんですから」

茜は黒服に会計の合図をした。

「またいつでもお待ちしておりますわ」

どうにか予算内——かなり高めに設定した予算ではあるが——に収まった代金を払って悠

紀は店を出た。

新橋《しんばし》駅から山手線に乗り、スマートフォンを確認すると野崎からメールがきていた。本文はなく、未整理の資料がいくつも添付されている。

悠紀は一つ一つひらいて一字ももらさぬように目を通した。明確な展望があったわけではなく、ピースの数を増やすことで何か見えてくるものがあればと考えただけだが、ある記事を読みながら「あっ」と声を上げそうになった。

〈ベランダでサンタクロースを待っていた理都君（5）は加害者を目撃。「おじちゃん」がやったと証言。付近には街灯が一つあるだけで人物を認識するには暗すぎること、被害者の自宅はマンションの三階で道路から距離があること、また理都君が証言能力を持つには幼すぎることから加害者を男性と断定するには至らず〉

第八章　玻璃窓

1

　三月に入ってから気温は乱高下した。昨日雪が舞ったのが嘘のように、今日の陽射しは穏やかだ。たまっていた洗濯をすませると悠紀は自転車をこいで文京区内の植物園に行った。『彼方の泉』の中で、Sは西南西へ、Rは東北東へと流れ、地球と思われる星のメタセコイアのもとにたどりつく。

　志史の前で読んだ時から、やけに細かいと思っていた。わざわざ十六方位を使ったことには意味があるのだろうか、と。

　あとで思いついて文京区の地図を確認すると、立原家は小暮邸の東北東に、小暮邸は立原家の西南西に位置し、その中間に植物園があった。

　メタセコイアは化石で発見され、絶滅種と考えられていた木だ。和名はアケボノスギ、またはイチイヒノキともいい、この植物園は皇居と並んで日本で初めてメタセコイアが植樹された場所だった。

正門からすぐの小径の右側がメタセコイアの木立になっている。まっすぐに空を貫く高い梢を見上げれば花穂が芽吹いているのが分かる。

二人にとって毎日のように図書室からその梢を眺めたメタセコイアは特別な木だろう。

「風よ僕らの前髪を吹きぬけてメタセコイアの梢を鳴らせ」

理都の短歌を口の中でつぶやいた。

初歌会以来、悠紀は短歌から離れていた。引っ越し準備もあったし、結社の会誌に目も通さずに事件のことを考え続けていたのだ。

それでも『翼の墓標』を読むと、情景の断片や漠《ばく》とした思いが言葉になろうとしてさざめく久々の感覚があった。

『翼の墓標』の一首一首を悠紀は声に出してみた。

そうしてみて初めて気づいた。最後の歌は図書室で詠まれた歌ではない、と。

風は梢を鳴らして前髪に吹くのではない。前髪を吹きぬけて梢を鳴らすのだ。「僕ら」は屋外にいる。

もちろん歌が事実である必要はなく、想像で紡がれることの方がずっと多いだろう。だが悠紀にはこの十首は偽りない理都の体験を詠んでいるように思えるのだった。

柔らかな土に踏み入り、メタセコイアの幹に触れる。公道の並木などのメタセコイアは下枝が剪定《せんてい》されていることが多いが、ここの木は自然な姿で枝をのばしている。

――この枝に、志史と理都は――。

それはメタセコイアの写真をあれこれ見ていて偶然見つけたブログであった。ブログ主は都内や近県の庭園や公園を「逍遙《しょうよう》」するのが趣味だという。画像検索していく中でそれが特に目にとまったのは、アップされた写真のメタセコイアの下枝にモスグリーンの色彩が揺れていたからだ。

日付は三年前の三月二十二日。メタセコイアの写真は三枚あって、一枚目の写真では向かって右の一番低い枝に、モスグリーンの細いきれが端正に蝶結びされている。

〈開園直後。誰かの落とし物のリボン。枝に結んでくれた親切な方がいたんですね〉

二枚目は同じ木の、今度は向かって左側の下枝に同じモスグリーンのきれが結んである写真だった。やはり左右均等の丁寧な結び方だ。

〈園内一周してきたらリボンが移動しています。ちょっと不思議〉

ブログ主はそれから地下鉄で隣駅の庭園に行き、ランチを食べてふたたび戻ってくる。三枚目の写真は枝ぶりからして最初の二枚と同じ木だが、右にも左にもモスグリーンのきれは結ばれていない。

〈気になってまたやってきてしまいました。リボンはありませんでした。風で飛んでいってしまったのでしょうか。持ち主さんが持ち帰ったのならいいのですが〉

悠紀は令学館の制服の画像を確認した。中等科の制服のネクタイとリボンの色は、メタセコイアの枝に結ばれていたきれの色にきわめて近い。いや、同じ色だ。

ただ、これはリボンではない。

ネクタイだ——七分割された。令学館中等科卒業式の日に理都が図書室の窓辺で切り刻んでいたというネクタイ。

理都は激情に任せて切り刻んだのではないし、志史との絶交をアピールするパフォーマンスでもなかった。

志史も同様に、ネクタイを細長く七本に切ったはずだ。

そして毎年三月二十二日——年ごとに日付は違ったかもしれない——一本ずつ、二人の家の中間地点であるこの園のメタセコイアの木に結ぶことを約束していたのではないだろうか。

それが『翼の墓標』九首目のこの歌だ。

〈七分の一の誓いを結び合うメタセコイアは空に届く樹〉

用心深い二人はここでも接触しない。あらかじめ時間を決めておき、たとえばまず理都が右の枝にネクタイを結び、その場を離れる。

その十分後、志史がやってきて結ばれているネクタイをとり、持ってきたネクタイを左の枝に結んでいったんその場を離れる。

さらに十分後、理都が戻ってきて志史のネクタイをとり、園を出る。

またその十分後、今度は志史が戻ってきてネクタイがないことを——理都が持っていったことを――確認する。

十分後でなく、三十分後でも一時間後でもいい。とにかくそういうことが毎年行われていたのではないかと思うのだ。

意志が揺らいでいないことの表明として。たがいの絆《きずな》を確かめ合う儀式として。「誓い」として。

田村奈緒も言っていた。理都は高等科の三年間、内部生で一人だけ中等科時代のネクタイをつけず、既定の濃いブラウンのネクタイで通していたと。

悠紀はスマートフォンを取り出した。思いついた時に読めるように、パソコンから事件の資料をメール添付で送ってある。

『ノート』というタイトルがついているのは『彼方の泉』の内容を記憶が新しいうちにワードに打ちこんだものだ。

勘違いとは何か、答えはこの中にあるという。

ゆっくりと二度読み返した時、悠紀は「そこ」に心づいた。

……これがそういう意味なら……もしかして硫酸事件にもつながっているなら……。

彼らがまだ見つけていなければ、この仮定を裏づけるものがどこかに一つだけ残っている。

それを、探してみよう。

2

見てほしいものがあると言って志史を呼んだのは三月九日のことだ。探しものが思いの外すんなり見つかってよかった。一刻も早く志史の手にゆだねて安心させてやりたい。

チャイムが鳴り、玄関の扉を開けると黒いスーツに黒いネクタイ、黒のトレンチコートをまとった志史が清めの塩を肩に振っていた。

「誰かのお葬式だったのか？」

「ええ、まあ」

志史はコートを脱ぎ、切れ長の瞳を悠紀に向けた。

「見せたいものって何ですか」

「その前に僕が出した答えが正しいか教えてくれないか」

「答え……」

「勘違いしてるって言っただろう？」

「クイズでもテストでもないんですけどね」

ソファに座った志史の前に、悠紀はこの間見せたのと同じ、事件に①から⑧まで番号をふった二枚の紙を並べた。

「五十一年前の事件のことで分かったことがある」

〈②戸田みよ子（20）自殺――五十一年前〉を指差す。

「小暮家の主人から身を守るためにみよ子は硫酸を手に入れていたらしい。ところが釈放後、隠し場所からその壜がなくなった。硫酸をかけられるかもしれない恐怖と、子供を殺した罪悪感が彼女を自殺に駆り立てたんだ。これは推測だけど、隠してあった硫酸を別の場所に移したのは洋一氏だと思う」

「先生が……？」

「盗んだんじゃない。みよ子の手から遠ざけて、隠したんだ。それはそのまま忘れ去られて小暮邸のどこかにしまいこまれていた。それを、何年もたって静人が見つけた」

悠紀は指先を〈③藤木（小暮）万里子（29）硫酸通り魔事件――十八年前〉に移した。

「この事件には目撃者がいた。当時五歳だった理都くんがベランダから見てた。理都くんは明確に証言した。『おじちゃんがやった』って。その時に、ちゃんと警察が耳を傾けていたら……。確かにあたりは暗くて明かりも少なかったかもしれない。でも三階のベランダから、目のいい子供が知っている人の顔を見分けるくらいはできたんだろう。『おじちゃん』はお兄ちゃんとおじいちゃんの間の年齢の男性全体を指す言葉じゃない、ある特定の人物の呼称だった」

期待はしていなかったが、二藍の茜がわざわざ電話をくれた。同伴や指名などを記録しておく店のノートを確認してくれたのだ。それによると硫酸事件の夜、静人は店に来て、万里子がついている。店を出た時刻は不明だが、静人は日付が変わるまで店内にいたことは一度もなかったという。

つまり静人は万里子が出勤していることを確認でき、万里子の帰宅時間にはマンション前に身をひそめて待ち伏せできたということだ。

「当時の理都くんが『おじちゃん』て呼んでいたのは静人だ」

おじちゃん——野崎からの資料の中にその言葉を見つけた時、そして『彼方の泉』の中のとあるエピソードが示唆する意味に気づいた時、仕上げたつもりだったパズルはだまし絵のように別の絵を浮かび上がらせた。

「万里子さんに硫酸をかけたのは小暮静人だったんだ。花村さんはこう言っていた。静人は本当に理都くんを可愛がっていて、理都くんも『おじちゃんおじちゃん』ってなついていたと。彼女にはそう見えたんだ」

「静人の動機は何です？」

「静人にとって万里子さんは美しすぎた。そのままじゃ絶対に自分のものにはならない。だから……」

小暮静人は「あんなことがあったのに」万里子と結婚したのではない、結婚にこぎつけるために「あんなことをした」のだ。

「警察が理都の話をまともに聞かなかったのは分かりますが、万里子さんはどうなんでしょうね。理都は万里子さんに誰が犯人か言わなかったんでしょうか」

「話しても万里子さんが信じなかったんじゃないのか。気弱で自分のことを女神のように崇拝している――その頃の万里子さんはそう信じていた――静人がそんなことをするはずがない、できるはずがない」

「言えなかったんですよ、理都は」

憂うように――初めて心の揺らぎを感じさせる声で、志史が言った。

「凄惨な傷を負い、店にも出られず、自分を手に入れようと必死だった男たちが見舞い金だけをよこして次々に背を向けてゆく中、静人だけがこれまでと同じ――いえ、それ以上の熱心さで手をさしのべたんです。彼女がそれにすがったことを責めることはできないでしょう。そんな母親を見たら――理都には言えなかったんです。彼女をこれ以上傷つけ、悲しませ、絶望させるようなことは」

花村の目が曇っていただけではない。理都も演じていたのだろう。万里子の前で。万里子のために。

「硫酸をかけてまで手に入れたほど執着した女性だったとしたら、一つ屋根の下で実の父親と関係を続けられて耐えられるはずがない。だけど静人は離婚もしないで理都くんを可愛がり続けた」

「矛盾ですね」

「勘違いだ」

「それがあなたの答えですか？」

「きみたちがしたのは⑤じゃなくて、こっちだ」

悠紀は〈⑥小暮静人（52）溺死――昨年〉を指した。

「きみは静人にばれないように小暮邸を訪ねて理都くんの部屋に隠れていたんだ。理都くんはいつも通りに静人と晩ご飯を食べ、静人には酒を飲ませ、毎年しているように万里子さんのお見舞いに行った。きみは静人が風呂に入って湯船につかるのを待って――注意していれば音で分かる――浴室に踏みこんで、静人が驚く間もなく頭をお湯に沈めた。五十を過ぎて酒も入った肥満の男がお湯の中でどう暴れても、上から押さえつけるきみの力の方が強い。翌朝、帰宅した理都くんと一緒に殺人の痕跡が残らないように後始末をして、きみは普通に玄関から帰った。あのあたりは高級住宅地で人目はないし、必要なら屋敷内のセキュリティ・カメラは細工できる。理都くんはさも今発見したみたいに一一〇番したんだ」

同居家族が共犯者なら工作は容易だ。

「あなたの推理では、俺たちが中学の時に立てた計画ですよね。洋一先生が不在なことは予測できなかったはずでは？」

志史は淡々と問い返した。

「先生の認知症まで予測していたと言うつもりですか？　万里子さんは？　やっぱり殺す計画だった？　昏睡状態になることが織りこみずみだと？」

「二人を旅行に行かせるとか、そんな計画だったんじゃないか？　もちろん理都くんにもアリバイがいる。大学生になっていると仮定していたとして、近所の二十四時間営業のファミレスで卒論を書くとか。普段から時々レポートなんかを書くようにして、そこだと筆がはかどるみたいなことにしておいて」

「じゃあこっちはどうなります？」

志史が〈⑤小暮邸アトリエ火事――四年前〉を指す。

「本当に万里子さんがやったんだろう。理都くんは必死で彼女を助けようとしただけだった。だからきみはあんなに怒った」

「放火の動機は？」

「たぶん……知ったんだ。静人と理都くんの関係を」

「関係？」

「静人が執着したのは万里子さんじゃない」

はじめは万里子目当てでクラブに通ったのかもしれない。だが、理都の写真を見た時――。

夜の銀座で伝説になるほどの美貌の万里子とアラブ系と思われる外国人の父親との間に生

まれた理都は、さまざまな民族が融合したような、えもいわれぬ印象的な容姿をしている。四つか五つの時の写真からでも将来どんな少年になるか、想像図を描けたのだろう。

「静人が万里子さんに硫酸をかけたのは理都くんと暮らすため。万里子さんと結婚して、理都くんを自分のものにするためだ」

志史の言った通り『彼方の泉』の中に答えがあった。王がRに言った言葉——身も心も余のものになるなら——。そしてRは従った。

実際には心を縛りつけて従わせることはできない。支配できるのは肉体だけだ。

王はRを——。

つまり、静人は理都を——。

「理都くんは静人に声をかけられてアトリエに行く時、いつも悲しそうに万里子さんの方を振り向いた。それは花村さんが言う、万里子さんが一緒に来ないことが淋しかったんじゃない」

決して助けを求めたのではないだろう。

ただ悲しくて、つらくて。本心では気づいてほしくて——。

誰も気がつかなかった。大人が三人もいながら、誰も理都を助けなかった。花村は静人が被害者、万里子が加害者という色眼鏡ですべてを見ていた。万里子は自分が第一だった。洋一は外で働いていて家にいる時間が短いし、万里子と関係を結んでいる後ろめたさもあって静人とはほとんどかかわらない。

静人はアトリエに誰も入れなかったし、そもそも静人の絵などに誰も興味を持たなかった。

理都は自分がされていることを口が裂けても言えなかった。

「静人が理都くんをアトリエに連れて行って何をしていたか……。モデルにして絵も描いていただろう。でも、それだけじゃなくて」

志史は最後まで言わせなかった。

「どんな性の指向や嗜好があったっていい。誰も傷つけないなら。少年が好きだっていい。古今東西《ここんとうざい》めずらしくもありません。一緒に暮らすうちに愛してしまったというならまだしも救いがあります。でも静人のは愛情でも何でもない、ただの爛《ただ》れた欲望だった。俺は理都のことなら何でも知っています――だから断言できる。あの男は理都を薄汚い自慰の道具にしていたにすぎなかった。許せるわけがないでしょう」

「――志史」

悠紀は立ち上がり、寝室のドアを開け、やおら、半身を振り向けた。

「見てほしいものはここにある」

半分片づけて半分空《から》になった本棚に、辛子色の布に包んだそれが立てかけてある。

F六〇号、と聞いている。長辺が百三十センチほどだ。

静人の絵は一枚だけ売れたことがあると花村が言っていた。

悠紀は茜に、静人を連れてきた「ご大家」が京言葉の画商を伴ってきたことがないか尋ねた。「ご大家」の名前については沈黙を守った茜だったが、画商のことは「誰に聞いたか絶対に言わない」条件で話してくれた。父親の代から京都嵐山で「峰《みね》」という画廊を経営しているという。

すべては画壇の重鎮である老画家のおせっかいだったようだ。静人が絵を描いていることを聞いた画家は親切心から懇意にしていた峰を紹介し、峰は相手が相手だけに断ることもできずに欲しくもない絵を買い取る羽目になった。

峰以上に迷惑だったのは静人だろう。静人は別に人に認められたいとか賞を獲りたいとかそういうつもりで描いていたのではないのだ。むしろ一枚たりとも手放したくなかったはずだ。

志史が結び目に指をかけた。

――あの人の絵はどれも淫靡《いんび》で……。

白髪の上品な峰は、ゆったりした京言葉で言った。

それならそれに徹すればまた別の見方もできるのだが、どうもメルヘン調に傾いているのが私には評価できない。技術も中途半端だ。ある種の嗜好を持つ人にはたまらない絵であることは承知しているし、店頭に飾っておけば足が早かっただろうとも思うけれど、私は私の審美眼と鑑識眼で半世紀画商をやってきた矜持《きょうじ》があるから店には出さなかった――と。

志史の指が結び目を解く。

辛子色の布がフローリングに落ち、銀色のシンプルな額装の油絵が現れた。

志史は睫毛を数回またたかせただけで、ある程度予期していたのか、まったくの不意打ちだったのか、その横顔からは読み取ることができない。

「これを――どうしたんです?」

「タイトルは『玻璃窓』……」

「どうしたんです?」

「京都の画廊のオーナーから買った。オーナーは義理が絡んで買わざるをえなかっただけで、包んだまままずっと倉庫にしまいこんでいたそうだから、彼以外の目には触れてない」

「京都まで行ったんですか?」

「車で。これくらいなら後ろに積めるし」

背景に窓が描かれ、手前の左端に観葉植物の鉢がある。鉢の下方に「静人」のサイン。

緑の葉に身体の半分を隠して、薄い褐色の肌をした少年が後ろ向きに立っている。

裸身だ。首は畸形的なぎりぎりの美しさで長く、翼の名残のような貝殻骨が描かれた背中も、柳のようにしなった腕も、ほとんど張りのない腰からのびた脚も痛々しさを感じるほど細い。

右手につかんだブランケットは床にこぼれて波を打っている。その下に見えているのは下着と革ベルトだろうか。

窓の左半分はレースのカーテンで覆われ、夜なのだろう、右半分はガラスがぬばたまのスクリーンになって、少年の半身を映し出していた。

――十六、いや、十七くらいか。長い前髪がうねりながら斜めに額を流れ、その先端が渦を巻いて耳にかかっている。夜のガラスに映る少年の顔は朧《おぼろ》だが、青を帯びて銀色に見えるほどの白目と、オニキスのような瞳が鮮明だ。闇を映していっそう黒いその瞳は闇しか見ておらず、半開きの唇がどこかみだらに濡れている。

画廊の倉庫でこの絵に真向かった時、悠紀は思わず、

「理都……」

とつぶやいた。

これほど追いかけていながら、小暮理都の写真はたった一枚、中学校の卒業アルバムの写真を見ただけだった。それでもそのイメージは網膜に鮮烈に焼きついていた。

理都のその背筋の嶺《みね》にそって走る、かすれていて色彩の偶然の悪戯のようにも見える、紫を帯びたみみずばれの痕に気づいた時、正視できずに悠紀は目をそらした。

あの人の絵はどれも淫靡で……と、峰が口を開いたのはその時だった。

それでも静人の作品の中ではそうではない方なのだろう。峰にはあらかじめ選別した上で見せたはずだから。

ほかがどんな絵かは――考えたくもない。

キャンバスには「愛人の絵」が描いてあったという証言は正しかったのだ。

志史は身じろぎもせずに絵の前に立っている。

「悠紀さん、この絵、俺に売ってもらいます」

「どうするんだ？」

「カッターを貸して下さい。ナイフでも鋏でもいい」

鋏を渡すと志史はキャンバスに突き立てて縦横に切り裂いた。真横から見た瞳が刃のように見えた。

最後に「静人」のサインをえぐると志史は肩で息をし、悠紀に鋏をさしだした。


「何か飲むか？」

「ビールを下さい」

「つまみは？」

「何でもいいです」

リビングのローテーブルにスナック菓子の袋を切りひらいて置き、ソファに掛けた志史に冷えた缶ビールを渡す。志史はもういつものポーカーフェイスだが、薄氷の下で揺らめく火影が悠紀には見えるような気がした。

先日と同じようにテーブルの角を挟んで、悠紀はラグにあぐらを組み、自分のビールを開けた。志史はスナック菓子に手をのばして一つ、二つ、口に入れた。

「――初めて食べました。こういう味がするんですね」

ネクタイを緩め、ビールの缶を開ける。

「あの絵、いくらですか？」

「オーナーも持て余してたんだ。買い値で売ってくれた」

「払います。往復のガソリン代、高速代も」

「気にするな。勝手にやったんだ」

「どうしてです？　どうしてここまで……。悠紀さんには関係ないじゃないですか。事件のことは母だってもう忘れたがっているのに」

「うん。伯母さんにはかなり迷惑がられてる」

「母は斉木の父が犯人なら安心できるから、それ以上追及して蛇をつつき出したくはないんですよ。藪《やぶ》の中に蛇がいるかもしれないことは、母も本当は分かっているんです。でも見ない。見なければ目に入らない。目に入らなければいないのと同じ……とても母らしいと思いませんか？　そもそも俺を疑っているなら、あなたに依頼する前に俺に訊けばいいんです。父を殺したのかどうか――。母はよほど俺が怖いらしい。怖がっているだけ母はましだと言えますが。その裏には罪悪感があるということですからね。父は最後の瞬間まで、俺に対してそんな気持ちは抱かなかったでしょう」

「伯母さんにそう訊かれたら、何て答えたんだ？」

「――ええ、そうですよ、ほかに誰がいると思うんです？」

悠紀は息をつめた。初めて、志史が認めたのだ。

「話してくれないか？　録音はしてない」

「そのくらいには信じています。……最初から」

志史はビールを飲み干して缶をテーブルに置いた。

「静人があの絵を誰に売ったのか分からなかった。静人はその話をすると不機嫌に黙りこんでしまい、理都はどうしても聞き出すことができなかったんです。手がかりは花村さんが『京言葉を使う画商』と言ったことだけ。理都はあきらめると言いました。誰かに買われてしまっていたらどうすることもできないからって。それでも俺はいずれ京都中の画廊を探そうと思っていましたが……。理都の絵はあれが最後の一枚です。あとはすべて燃やしました。あれを見つけ出してくれたこと、俺に処分させてくれたこと、あなたが考えている以上に感謝しています。だから――」

――中等科一年の時でした。夏休みが終わって学校に行くと、図書室の窓から見えるメタセコイアの木に、キジバトのつがいが巣をつくっていたんです。

いつのまにか雛が孵って、いつのまにか親鳥がいなくなって、空になったはずの巣に卵が一つだけ残っていた。

見捨てられた卵――それを、俺と同じように気にしていたのが理都でした。理都は内気だし、俺も別に用もなく話しかけたりはしないし――昔はそうでもなかったんですけどね――口をきくことはなかったんですが、ある時、巣の中に卵がなかったんです。下を覗くと卵が地面に落ちているのが見えました。すぐ図書室を出て階段を駆け下りていくと、理都が少し先を下りていたんです。

足音に気づいた理都は振り返り、俺と目が合うと、

「卵が」

と言いました。俺は頷いて、それから二人で木のところに行きました。割れた卵からどろりとした濃い黄色のものが流れ出ていました。

理都は何も言わずにそこにしゃがんで、手で木の根元を掘りはじめました。俺も一緒に掘って、一緒に卵を埋めました。

それから親しく話すようになって、メタセコイアの葉が色づく頃には、たがいにたがいのことを――一番人に知られたくないことも――知っていました。

俺は自分が怒りという感情に馴染《なじ》んでいると思っていました。でも本当の怒りっていうのはそんなものじゃなかった。理都が義理の父親に何をされているか聞いた時、初めて本当の

怒りを俺は知ったんです。

理都のせいだと、静人はそのたびに言ったそうです。どうして僕にここまでさせるんだろう。僕を誘惑して、理都はすごくいやらしい子だね。

卑劣なすりかえです。でも理都はその言葉に呪縛されていた。

理都は何も悪くない、理都には何の非もない――それを分かってもらうのにどれだけ言葉を尽くしたか分からない。理都は清らかで、誰にもけがされはしないことを。

静人だけは絶対に許せなかった。

どうすれば理都を救えるのか考えました。

告発したところで――仮に静人の罪が明らかになって逮捕されたところで、受ける罰が軽すぎることは目に見えていました。理都が同情という名の好奇の目に晒されて傷つくだけです。

静人には死んでもらうのが最良の方法で、死こそが静人にふさわしい唯一の罰でした。

俺が殺してもいい。俺はつかまって少年院でもいい――でも、そうすると理都が罪悪感を持ってしまう。それどころか情状酌量を求めて、一番知られたくないことを話してしまう。それじゃ意味がないんです。

そうさせないためには事故に見せかける必要がありました。ホームドアのないラッシュの駅で、電車が入ってくる直前の線路に突き落とすとか。でも静人はめったに外出しない。

家の中で事故死といえば階段から落ちるか頭の上に重いものが落ちてくるか、お風呂で溺死。

家にほかに誰もいない時、静人が酔っ払ってお風呂で溺死していたら、それは確実に事故死になる――そう考えたのが計画の出発点でした。

理都が自分ばかりしてもらうわけにはいかないと言うので、それなら立原の父を殺してほしいと言ったんです。

立原の家の養子になった時から、俺は籠に閉じこめられた鳥も同然でした。籠の中でもいい、一日三十分でもピアノが弾けたら……ピアノさえあれば心はどこへでも行ける。でも中等科の間はピアノも禁じられ、ピアノには鍵が掛けられました。

青成学園に合格しない限り弾けない――だからあの頃は死ぬ気で勉強しましたよ。ピアノが弾きたくて。ただ弾きたくて。

テストは満点か一番でなければ努力が足りないと言われたけど、青成学園では同じ学年に本当の天才がいて、彼の牙城《がじょう》は凡人には崩せないものだったので、父を満足させる結果だったことは一度もないです。

風邪を引いたり具合を悪くしたりすれば自己管理ができないのかと叱られました。蚊に刺されただけで叱られたら笑うしかありません――笑えませんが。

いたわりや優しい言葉をかけられたことは一度もありません。確かに斉木の父のような暴力はなかったけど。

完璧な行儀、礼儀、日常生活。それを三百六十五日、二十四時間――たやすいことではなかったです。世話になっていると思うから従いましたが、スケープゴートの役割を果たしてじゅうぶんおつりがくると思っています。

でも理都が受けている屈辱と苦痛に比べたら撫でられているようなものでした。

実際、立原の父を殺したいとまでは思っていなかったんです。

殺意の蛹《さなぎ》、くらいでしたね。その時はまだ。

ただ理都に負い目を抱かせたくなくて、対等な立ち位置でいるために、俺が静人を殺して理都が立原の父を殺すという計画にしたんです。

休み時間、放課後、理都と俺は計画について徹底的に話し合いました。

どうすれば疑われないか、どうすれば成功するか。

どうすれば目的を達して尚、二人とも陽の当たる場所に立つことができるか。幸せになれるか。そうでなければやる意味がないですから。

ノートは――あれはただの気晴らしです。二人で設定を考えて、交互に相手のことを書きました。天使の怜奈に聞かせるという体裁で。

そうして出した結論は、あせってもできない、短くない歳月をかける必要があるということでした。今の理都と俺の距離感では交換殺人は成立しない。無関係な他人同士でなければ。

いいえ、交換殺人とは違いますね。あれは殺したい相手を交換するもので、理都と俺の場合は——俺は理都以上に静人を殺したいと思ったし、理都も同じだったでしょう。

でも決裂は必要です。学校が分かれてから離れても傍目には分からない。だから中等科のうちに決裂しなければならなかったんです。

ちょうどその頃、斉木の父の執行猶予が明けて、俺につきまとうようになりました。心底クズですね。

中学生の俺にたかるんですよ。コーヒーが飲みたいから百三十円くれとか。

一生目の前に現れないでくれれば忘れていられたのに、五つの時に抱いた殺意がよみがえったんです。

でも、そうやって一生つきまとう気ならそれを利用してやろうと思いました。ただ殺すだけじゃなく立原の父殺害の犯人になってもらおうって。斉木の父には動機もありますしね。

美奈子さんが使っていた部屋で楽譜を探していて——机をピアノにして毎日指を動かしていたからいろんな楽譜が欲しかったんです——斉木の父の手編みのセーターを見つけたことからあの計画ができました。

父がもし犬を本当に飼うようだったら、朝の犬の散歩の時に殺すのがいいだろうと漠然と考えました。それにこだわるのではなくて、人気のないところへ行く時を状況次第で選べばいいと。

決行は七年後——大学四年の年。その時はそれだけを決めて、七年後がきた時、殺してもらう側が実行の詳細な日時を葉書で知らせることにしました。

差出人の名前は、俺が市井怜、理都は先生の名前に一を足して小暮洋二と決めました。日時を織りこんだ適当な文面を書いて、読んだらすぐ焼き捨てること。

一方的な通知になるので、やる側は絶対に無理をしないことが重要でした。

急に予定が入るかも分からない。体調を崩すかもしれない。いざ実行しようとした時に人目があったり、不測の事態があるかもしれない。そういう時は決して実行せず、次の機会を待つこと。

事故死の静人より、殺人事件となる立原の父をあとにした方がいいと考えました。立原の父を殺すのはセーターの季節にする必要もありました。斉木の父がホームレスであることを思えば、真夏でなければよかったのかもしれないですが。

俺は編み物の練習をするのが難しい環境なので――それに編み棒に若干のトラウマもあって――理都はそれを知っているから、自分が編むと言ってくれたんです。

そんなふうに、俺が理都に甘えることの方が多かった。理都は俺よりずっとつらい目にあっていたのに。

証拠は残せませんから、繰り返し繰り返し、何十回も口に出して確認しました。

去年の七月に「小暮洋二」から暑中見舞いがきました。文面に八、十二、十四の数字が織りこまれていました。

八月十二日、午後二時――理都の家を訪ねると門の前に理都が待っていました。

静人は昼寝が習慣で、その日も高鼾《たかいびき》で熟睡していたようです。靴を持って上がり、浴室を教えてもらうと理都の部屋に行きました。

この時に先のことを打ち合わせました。

立原の父を殺すのは有馬温泉の同窓会に出席する十一月十日――父のことだからその日はむだに早く散歩に行くに違いないと踏んだのですが、その通りでしたね。几帳面な人というのはこういう時便利ですね。コースを確かめるために俺も何度か一緒に散歩したんです。コースはいつも同じで、公園で短い休憩をとる時に座るベンチまで同じでした。公園に設置された防犯カメラの位置も調べておきました。

斉木の父の殺害場所を決めたのもこの日です。これは理都の提案で、税金対策に理都の名義でマンションを建てる予定があって、その頃には骨組みが仕上がっている、と。住所はその場で記憶しました。

そうこうするうちに静人が目を覚まして、猫撫で声で理都を呼んでいます。

理都は椅子を立つと、俺に微笑みかけました。

「大丈夫。夜のことがあるから休んでいて」

俺がどんな気持ちで行かせたかは、決して分からないと思います。

「ベッドを使って。枕カバーとシーツは替えてあるから」

そう言って、何でもないように理都は出て行きました。

俺は——理都のベッドの上で殺意を募らせていった。

食欲はなかったけど、理都が用意してくれていた軽食を食べました。トイレに行く回数を減らすために水分を断ったけど、喉の渇きは感じなかった。トイレは理都専用のが隣にあったから、行っても静人にばれることはなかったと思いますが、極力リスクは避けたかったので。

理都が万里子さんの入院する病院へ出かけてから、俺は明かりを消した部屋でドアにもたれて座り、聴覚を尖らせて静人が風呂に入るのを待ちました。

午前一時、静人が風呂に行く音がしました。俺は脱衣所に下りて様子をうかがい、静人が風呂に入るのを見計らってドアを開けました。

すべてあなたが言った通りです。静人の頭を押さえつけてお湯に沈めるのはあっけないほど簡単なことでした。

難しかったのは自分の気持ちを抑えることでしたね。

なぶり殺してやりたい気持ちを。

もっと、もっと苦しめて殺したい。生きたまま寸刻みに去勢してやりたい。

でも、普通の溺死にしなければならない。俺は暴れる静人が動かなくなるまでそうしていました。

立原の父殺しについては説明する必要はないと思います。凶器のことも足跡のこともあなたがこの前言った通りです。

理都が編み直してくれたセーターを持って斉木の父に接触しました。斉木の父にはボート池の周辺を歩いていればだいたい会えました。

俺は甘い言葉をささやきました。

——遺産が入ったらお父さんにマンションを買ってあげる。俺は立原の家を出るから、そこで一緒に暮らそう。

不思議だと思いませんか？　あれほどのことをしておきながら、こんな言葉を真に受けるなんて。

俺はあの男に編み棒を突っこまれたこともあるんですよ——今思えばそれが斉木の父への殺意の原点になった気がします。

立原の父殺害の犯人について？　何も考えていなかったでしょうね、あの男は。

買う予定のマンションを見せたい、その時ならアルバイト代が入るから援助できると言ってあの場所におびき出したんです。バス代を渡し、乗るバスと降りるバス停を教え、地面に地図を描いてバス停からの行き方を説明しました。理都には葉書で日時を知らせてありました。

斉木の父には足場の一番上に上がるように指示しておきました。理由なんていらないんですよ。そこで待っていると言うだけでいい。

いいえ、それを信用とは言いません。あの男はただ俺にたかりたいだけだし、俺をみくびっていたんです。みくびっている俺に一生、寄生しようというんですからね。

足場の上で起こったことについては、あなたの想像が当たっているでしょう――。


志史が言葉を切った。

「これでだいたい話したと思いますが」

悠紀は思い出したようにビールに口をつけた。

「セーターやスニーカーの受け渡しをどうしたか訊いてもいいか？」

「ジョルジュに警戒させないために理都に着てもらう服は八月十二日に持っていきました。天候に合わせられるように何通りか。スニーカーとセーターはもっと前に渡しています。プライバシーのない俺の部屋には置いておけなかったですから」

「どうやって？」

「俺が月一で福祉施設を訪問していたことは聞いていますか？　高校の時から、ピアノをやめる大学二年まで続けていました。こばと寮っていって、教会を母体にした施設で、主に視力に障碍を持つ子供たちが入所しているんです」

「もしかして怜奈ちゃんの……？」

「通学路に住んでいる盲目の女の子。ボールを拾ってあげて以来なついている小さな子。母親とその内縁の夫から虐待を受けていた可哀想な子。火事で唯一の身内である母親を亡くした身寄りのない子。そう話して、月に一回だけ面会に行くことを立原の父も認めていたんです。ボランティアというほどのものではなくて、そのついでにほかの子供たちと遊んだり、リクエストされる曲を弾いて一緒に歌ったりしていただけです。第二週の土日のどっちか……理都はそこは避けて、もっと頻繁に通っていたと思います」

志史は十指を組んだ。

「理都と俺の唯一の接点がこばと寮で、怜奈でした。怜奈を一緒に知っている俺たちが別々に訪問すれば決裂を印象づけることにもなるでしょう。怜奈のこと、利用するために可愛がったわけではないですよ。コーポ曙杉という名前に縁を感じたのは事実ですが。理都に渡すものは駅のコインロッカーに入れて、鍵をリボンに通してこばと寮に行った時に怜奈の首にさげました。鍵には駅名を書いた紙を貼って。怜奈はそれを自分の引き出しに隠しておいて、理都が面会に来るとまた首に掛けたんです。テキストを売る前は、弁当のお茶を我慢してロッカー代を貯めました」

「洋一氏が言ってた。理都くんがきみの『月光』を聴いてたって。それも?」

「ええ。怜奈から理都が俺のピアノを聴きたがっていると聞いて、ICレコーダーを買って演奏を録音したんです。理都はそれをパソコンにとりこんでレコーダーを返し、俺はまたそれを受け取って」

会えない理都に向けて、志史はどんな思いでピアノを奏でたのだろう。理都はどんな思いでその旋律を聴いたのだろう。

「怜奈ちゃんに直接レコーダーを渡したりはしなかったんだ」

「落としたり、誤作動の危険がありますから」

「レコーダーに言葉を吹きこんで何か伝えたりは？」

「ピアノの演奏くらいならいいでしょうが、媒体に録音するのはやはりリスクが伴います」

「きみのピアノを聞き分ける人もいるみたいだけど」

「え？」

洋一は洩れ聞いた旋律から志史と理都を結びつけたのだ。しかし、もちろん、あれは特殊な例だろう。

「さっきの言い方だと、実行した時には伯父さんへの殺意があったのか？」

「……ええ」

睫毛を伏せるようにして、志史は頷く。

「きっかけはあるのか？」

「高二の時です。音大へ行く気はないかと洋一先生に言われたんです。そう言われて、少しだけ考えてしまった。それで進路調査の第三希望に美奈子さんが卒業した音大の名前を書いたんです。そうしたら担任から家に連絡がいって。どこまで本気かという問い合わせですよ。父には頭ごなしに——頭ごなしはいつものことですが——言われました。これ以上恥をかかせるな、と。恥って何です？　いいえ、これ以上っていうのは何ですか？　おまえはあの男の子供だというだけで恥ずかしい存在なのだから、正しい生活をし、必死で勉強して恥をそそぐことだけを考えるがいい……そんなことを言われても斉木明が父親なのは俺のせいじゃないんですけどね」

志史の冴えた白目に、血の緋色《ひいろ》が透けて見えるようだ。

志史の肌が、その心臓から滴《したた》り流れる血に染まっているかのようだ。

「そうまで言われて、俺にもプライドがありますから、恥をそそぐというのは司法試験に合格することらしいから、それならそうしてみせようと思いました。俺は謝り、あれは本気ではありません、法学部を目指しますと言いました。そうしたら父はそれが当然だというように頷いて——一言一句憶えています——それでいい、洸太郎が大きくなるまで忠彦くんをしっかり補佐できるよう励みなさい、と」

——洸太郎が大きくなるまで……そしてその後は——。

「考えてみれば当然のことです。三田さんの跡を継ぐのは洸太郎か、立原の父の古い頭には思いつかなかったようですが、美月か……。でも、それを三田さんに言われるならともかく、なぜあの人に言われなければならないんです？」

志史の声がふるえたような気がした。ごくかすかに。高い梢で一枚の葉がはらりと揺れる、その葉音ほどの儚さで。

「ピアノを許されたといっても指ならしで終わるようなわずかな時間でした。父がいない時や寝ている時、その三倍は机で練習しました。俺は毎日お願いしてピアノの鍵を借り、時間になると鍵を返し——一分でも過ぎれば翌日はピアノ禁止になりました。そうまでさせておいて、俺は弟のつなぎだというんですか」

「そんなことが……」

「その瞬間です。殺意が羽化したのは」

いたましさがこみあげる。

それを隠せてはいないだろうと思いながら悠紀は言った。

「——最後の藁《わら》、だったんだな」

「そうですね」

「きみたちはコーポ曙杉の火事にもかかわっているのか?」

「あれは僥倖《ぎょうこう》というもので、俺たちは関与していません。あの火事がなければ何かはしましたが。彼らを怜奈から引き離すために」

怜奈が受けた仕打ちを多少なりとも聞いている悠紀は、人が二人死んでいるのに僥倖は不謹慎だなどと正論を言う気にはなれなかった。

「アトリエの火事は万里子さんの放火でいいのか？　動機も？」

「それまで夫の絵なんか関心を持たず、アトリエを見向きもしなかったくせに、勝手なものですよね。たぶん見られたんだと理都は言っていました。風呂上がりにいきなりキスされた時、階段の上に万里子さんが立っていた気がすると。万里子さんはその後スピリタスを注文したそうです。静人と理都が相愛だと誤解したんでしょう。理都はもう十八歳で、身体も大人で、拒もうと思えば拒むことができるはずだと――」

「自分だってずっと洋一氏と関係していたのに」

「そんなふうに自分を省《かえり》みられる人じゃないんですよ」

「僕には正直なところ理都くんの気持ちも分からない。きみも今言っただろう？　どうして拒まなかったのか。どうして言いなりに――」

「まっさらな心と身体に植えつけられた恐怖や呪縛というものを甘く見ないでほしいですね。経験のない人間が想像で言えるほど簡単なことではないと思いますよ」

「家を出ることは考えられなかったのかな。それこそ理都くん自身で絵を燃やして」

「高校生ではアパートだって借りられないし、万里子さんを養うこともできない。裏切ったら万里子さんにすべて話すと言われたら従うしかないじゃないですか」

「でも万里子さんがあんなことになって、もうその心配はなくなっただろう？　理都くんだって……」

「理都が？」

「顔に――ひどい傷を」

「だから恐れて静人が手を出さなくなったとでも？」

「傷にさわるだろう？」

「理都が痛がれば興奮するような男です。でも、静人と仲がいいと人に思われれば思われるほど理都にも都合がよかったんですよ。十歳の時から耐えてきたんです。あと三年くらい耐えますよ、理都は。俺だって立原の父を殺す気でなければ千駄木の家を出ていた」

それは本末転倒ではないか？

かすかな違和感が、一つの疑問となって悠紀の中にわだかまる。

――どうして七年後に決めたのか？

もちろん入念な準備が必要だ。セーターを編めるように練習し、決裂の実績のためにも何年かは待たなければならない。

身体的な問題もあるだろう。靴のサイズが斉木と同じくらいに成長しなければならないし、大人の男に対抗する力が欲しい。

しかし、それが七年後でなければならない必然性があるだろうか。

たとえば三年後では早すぎると判断したとして、五年後ではだめだったのか？

先に恭吾を殺せば志史は自由になるし、音大へ入学し直すことだってできたのだ。

「不思議なんだ。どうしてそうまで七年後にこだわったのか」

「こだわったわけではありません」

それは――嘘だ。

「司法試験が終わってからってことか？　在学中には合格してると考えて？」

「関係ありません」

「じゃあ……」

「これで失礼します。事件のことはすべて話しました。対価は払ったと思います」

「志史」

悠紀は立ち上がりかけた志史の手首をつかんだ。志史はそれを振り払いはせず、ただ悠紀を見つめて小さく息を吐き、

「――もう一つの目的のためですよ」

「もう一つ？」

「理都は、なぜ杉尾の原稿を焼いたと思いますか？」

「それは、大事なノートを切られて、怒って……」

「ノートを切られたくらいで理都はあんなことはしません。この間あなたが言ったことがほぼ正解ですよ。杉尾の小説を抹消しなければならなかったんです。ただしそれは杉尾が俺たちの殺害計画を写したからじゃなく、たまたまその内容が……」

「きみは杉尾の小説のことまで知ってるんだな」

「理都のことは何でも知っていると言ったでしょう。――杉尾の小説とノートの物語には共通点があったはずです」

「怜奈ちゃんが出てくることか？　杉尾の小説ではレーナだったけど」

「あとはご自分で考えて下さい」

志史は柔らかなしぐさで悠紀の手をほどき、今度こそ立ち上がった。

「一つだけ言っておきたいことがあります。もし物証を手に入れて――」

「あるのか？」

「さあ、分かりません。承知している範囲のものは処理しましたが、人間のすることですから」

「志史のすること、だろう？」

「買いかぶりでしょう。綻びだらけの計画でした。ただあの図書室で理都と描いた絵を貫きたかった。不完全を承知でその不完全さごと裁きの天秤に載せようと思ったんです。理都と話し合って決めたんです。許されるか許されないか――成否で諮《はか》ろうと」

「もし僕が物証を手に入れたら？」

「先に俺に言って下さい。あなたを殺しに行きますから」

「つかまるぞ、さすがに」

「かまいません。俺一人なら。あなたを殺害した容疑だけなら。動機は……そうですね、両親に溺愛されてぬくぬく生きているのが癪《しゃく》だったとでも」

「志史――」

「本当です。俺は昔からあなたが羨《うらや》ましかった。羨ましくて、妬ましくて、首を絞めてやりたいくらいでした。気がつかなかったんですか？」

志史は玄関へ行き、コートをまとい、靴べらを使って礼装用の黒い靴を履いた。

「メタセコイアに七分の一のネクタイを結ぶ日は決まっていたのか？」

虚をついたつもりだが、振り向いた志史の表情は微塵《みじん》も揺れなかった。

「ええ。時間は毎年交互に葉書で知らせ合いました。その日だけは、俺も父の許可なんかとらず――」

「いつだってそうすればよかったんだ。ちゃんと反抗すれば」

「父の一方的なルールにいちいち反抗していたらきりがありません」

「それでもすればよかったんだ。いちいち、全部に」

「そんなことを今更言わないでもらえますか」

「そうだよな、今更だよな。志史の家庭教師をしてた時に言えばよかった。言うだけじゃなく、僕にできることを考えればよかった」

「あなたにできることなんて――」

「ないかもしれない。それでも、考えればよかった。少しでも何か変えられないか。志史のためにできることがないか」

悠紀はまっすぐに志史を見つめた。

「力になれなくて――ごめん」

深く頭を下げる。

「ごめんな、志史」

もしかしたらこれを告げるために自分は誰にも頼まれない調査を進めてきたのかもしれないと悠紀は思った。それが自己満足にすぎないとしても。

志史の睫毛がわずかにそよいだ。

「――理都とは会わない約束で、ネクタイを結ぶ時間もずらしたけど、四年前、一度だけ禁を破ったんです」

「アトリエの火事の時？」

「理都は退院して二週間……。初めて怜奈に頼んで、今年はやめようと伝えてもらったんです。でも、俺は行って――きっと理都も来るような気がして開園からずっと待っていました。理都は来ました。顔半分に包帯を巻いて、のばした前髪で隠して。冷たい、春の土砂《どしゃ》降りの日でした。ほかに誰もいなくて、俺は黙って理都を抱きしめた。風がひどくて、泥が足に跳ね上がって、髪がめちゃめちゃに乱れて、傘をさしても全身がぐっしょり濡れました。父と母への言い訳も思いつかなかったけど、そんなことどうでもよかった」

その場面が、悠紀は目の前に浮かぶような気がした。世界と二人を遮断する激しい雨の音が、聞こえるような気がした。

「ネクタイを手渡しで交換して――それだけで別れました」

「志史」

「はい」

「これからどうするんだ？」

「立原の家を出ます」

「その後は？」

少し間があった。

「検事を目指すつもりです」

「ピアノは？」

「俺はもう二十二ですよ」

少し淋しそうに言う。

「年なんか関係ない」

「そうかもしれません。ただ弾くだけなら」

「ただ弾くだけじゃだめなのか？」

「……え？」

「そうだ、洋一氏からの伝言を忘れてた」

「俺にですか？」

「僕をきみと間違えてこう言った。ピアノをやめてはいけない。どんなことがあっても、どんな形であっても、弾き続けなければいけない」

志史は爪を切りそろえた両手を見つめた。

「それから、指を大事に……って」

無言で一礼し、志史は背中を向けた。

第九章　記念樹

1

〈9日午後四時頃、新宿区乾総合病院で入院中の女性の生命維持装置が外され、女性が死亡しているのが看護師によって発見された。亡くなった藤木万里子さん（46）は四年前から昏睡状態にあり、自力での呼吸が不可能だった。警察では何者かが故意に装置を外した可能性があり、同日に病室を訪ねた男性が詳しい事情を知っているとみて行方を追っている〉

〈9日午後十時頃、小田原《おだわら》市内の公園で六十代から七十代と見られる男性が首を吊って死亡しているのを巡回中の警察官が発見した。遺書が残されていたことから警察では自殺の可能性が高いとみて身元の確認を進めている〉

〈今月9日に藤木万里子さん（46）が殺害された事件で、警察が重要参考人として行方を追っていた小暮洋一容疑者（74）が小田原市内で自殺していたことが分かった。洋一容疑者は万里子さんの元夫の父で神奈川県内の老人介護施設に入所していたが、9日昼頃から姿が見えなくなり、施設から連絡を受けた家族によって捜索願が出されていた。遺書には希望のないまま生かされる万里子さんを楽にしたいという気持ちから犯行に及んだことや、自分自身これ以上迷惑をかけたくないということが書かれていた。関係者の話では洋一容疑者には認知症の症状があり、徐々に進行していたという〉

「嘘だろ……？」

パソコンの前で、悠紀は呆然とつぶやいた。

洋一が万里子を殺して自殺した？

にわかには信じがたい。悠紀が会いに行った時点で認知症の症状は決して軽いとは言えなかったはずだ。そんな洋一が一人で葉山の施設から新宿に出てくるなんて。

――一人ではなかった？　たとえば志史が車で……いや、違う。九日だ。三日前だ。志史はこの部屋にいた。

洋一には正常な精神状態を保っている時間があったのだろう。それが完全に失われる前に自らの手で人生を閉じようとした時、長年の恋人だった万里子を連れて行ったのだ。万里子だけでなく理都のためにも。果てのない見守りから解放するために。

この事件は志史と理都の計画の外にあるものだ。彼らはすでになすべきことを終えている。

そう、残った疑問はあと一つ――なぜ七年後でなければならなかったのか？

あれからずっと、悠紀はそれについて考えている。

記事を閉じ、『ノート』と題したワード文書を開く。何度読み返しても、愛梨の語る『ターロスとレーナ』を何度再生して聞いてみても、共通項は二点しか見つからない。盲目の少女が登場することと、主人公たちが地球を彷彿させる星へたどりつくこと――『ターロスとレーナ』では主人公たちがそこを目指すところで幕が下りる。

両者ともにオリジナルでない以上遺漏がないとは言い切れない。もし肝心なエピソードが抜け落ちていたら、いくら読み返しても聞き直しても意味がないのだ。

悠紀は杉尾にもう一度連絡をとり、改めて彼自身の口で『ターロスとレーナ』を語ってもらった。

すると、やはり愛梨が拾いそこねたエピソードがあった。まさにそれが『彼方の泉』と一致したのだ。

これしかない、と悠紀は思った。そのことがなぜ理都の逆鱗に触れたのかは分からないけれど――。

ようやく横浜のマンションが決まり、しばらくは転居の手続きに追われていた。それが一段落し、悠紀はこばと寮を訪れた。

こばと寮は川沿いに建っていて、土手に沿って桜並木が続いている。あと一週間もすれば土手も川面も薄紅色に華やぐだろう。

玄関の台にはブロンズの十字架と、白と黄とピンクのスイートピーがガラスの花瓶にこぼれるほど飾られていた。悠紀と同い年くらいの、水色のエプロンをつけた青年が廊下の奥から出てきた。

「何かご用でしょうか」

あえてアポイントをとらなかったのは電話口で断られたら対処できないからだ。訝《いぶか》しがられるのは承知で、それでも直接顔を合わせた方が信用される可能性が高いことは経験上分かっていた。もっとも透子に言わせれば誰でもそうなのではなく、悠紀がそうだということらしいが。

「突然申し訳ありません。私は若林と申します。実はある方の依頼で、寺井怜奈さんのことを探しています」

「はあ」

「怜奈さんの母親、寺井玲美さんは八年前の火事で亡くなられました。怜奈さんの父親、正確にはその可能性の高い男性からのご依頼です。守秘義務がありますのでそれ以上は申し上げられません」

「守秘義務とおっしゃるならこちらこそお教えするわけにはいきませんが——」

青年はそれでも丁寧に断ったが、ふと顔をかしげ、

「若林さん、とおっしゃいましたか?」

「若林悠紀と申します」

「悠久の悠に何世紀の紀……」

「はい、確かにそうですが」

悠紀は透子の事務所の調査員をしていた時の名刺を出した。青年はそれを眺めると、

「少々お待ち下さい」

一度奥へ戻り、しばらくして一通の封筒を持って現れた。

「怜奈ちゃんからこれを預かっています」

驚いて受け取った水色の封筒には大きな、そしてとても丁寧な字で「若林悠紀さんへ」と書かれていた。裏返すと封をした右下にやはり大きめの端正な文字で「怜奈」とある。

「これは……？」

「怜奈ちゃんはここにはいません」

「どちらへ？」

「それは言えませんが、半月ほど前に怜奈ちゃんが来まして。もし若林悠紀という二十代後半くらいの背の高い男性が自分を探しにきたらこれを渡してほしいと」

怜奈がなぜ自分を知っているのかと一瞬混乱したが、考えてみれば彼女は志史とも理都ともつながっているのだ。悠紀のことを聞いていていても不思議ではない。

悠紀はその場で封を破った。はやる指で四つ折りにされた便箋《びんせん》をひらく。封筒とおそろいの便箋に記された文を読み、悠紀は軽く息をのんだ。

「怜奈さんは一人で？」

「そうですよ。あの花はその時に怜奈ちゃんが持ってきてくれたんです」

青年はスイートピーを示して目を細めた。

駅のホームで電車を待ちながら、悠紀は怜奈の手紙をもう一度読み返した。

〈土曜日の午後二時、メタセコイアの林で待っています。怜奈〉

2

次の土曜日、悠紀が植物園に着いたのは約束の十分前だった。昨夜はあまり眠れなかったが、頭の芯が冴えて眠くはない。

怜奈が僕に何の用があるのだろう。本当に会えるのだろうか。本当に来るのだろうか。

手紙には土曜日とだけあり、日付の指定はなかった。いつ悠紀がこばと寮を訪問するか分からないからそういう書き方をしたのだろう。

会う意志があれば怜奈は土曜日ごとにやってくるはずだ。悠紀もまた、今日会えなければ来週、来週も会えなければ再来週、横浜からでも足を運ぶつもりだった。

詳細な場所の指定はなかった。だが、ここで間違いない——はずだ。

風の強い日だった。空は水色に澄み、陽射しは麗《うら》らかだ。

桜のつぼみがほころぶ土曜日で、おおぜいの人が出ていた。メタセコイアの林を背にして立った悠紀は人々が流れてゆく正門の方向を見つめた。

悠紀は怜奈の顔を知らない。分かっているのは十七歳の少女ということだけだ。

怜奈の方は——。

「若林さん」

悠紀は声の方を振り向いた。

「初めまして——じゃないですね、こんにちは」

長い髪が風になびくのを片手で押さえながら少女はそこに佇《たたず》んでいた。手に白い杖はない。

「怜奈、さん？　そうか、きみが……」

風に飛ばされてしまいそうに華奢で、陽の中に融けてしまいそうなほど肌が白い。

目鼻立ち自体はどちらかといえばきついつくりだが、雰囲気は柔らかい。そう感じるのは瞳がきらきら灯っているからかもしれないし、微笑みの形をした肉薄の唇が桜の花びらのようなピンク色だからかもしれない。

デニムのジャケットの首元にアイボリーのマフラーを巻いている。マフラーには金色がかった別糸で模様が編みこまれていて、手編みならかなり凝っている。

洋一のいた葉山の琴風荘で会ったあの少女だった。

「歩きません?」

返事を待たずに怜奈は歩き出した。

「お兄ちゃんたち、中等科の校外学習でよくここに来たそうなんです」

——やはり怜奈は視力を回復していた。

杉尾の小説の中で、地下牢から脱出したレーナは太陽のもとで視力を取り戻すのだ。愛梨はそこに言及しなかった。そして『彼方の泉』ではRが天使の目に光を与える。

「琴風荘に来た時、志史お兄ちゃんと親しかったって言ったでしょ? お兄ちゃんより結構年上に見えるけど、どういう関係なのかなって。理都お兄ちゃんのことも知ってるみたいだったし。それで志史お兄ちゃんに訊いたら、志史お兄ちゃんの従兄で元家庭教師だって……」

「いつ手術したの?」

「七か月前です」

「もうすっかりよく見えるの?」

「おかげさまで」

琴風荘で会った時も感じたが、ずいぶん大人びた口をきく。

「おめでとう」

「ありがとうございます」

風に髪が流れて、時折、怜奈のか細いうなじが現れる。金色の産毛《うぶげ》が光り、悠紀は目を細める。

「今、どこにいるの？」

怜奈は武蔵野《むさしの》市にある女子校の名前をあげ、そこの寮にいるのだと言った。地方の「お嬢さん」が多い学校で、生徒の半分は寮生なのだそうだ。

「十二月に編入試験を受けて、一月から通ってるんです。理都お兄ちゃんが後見人になってくれて」

「手術して四か月……。すごいな」

「形式的な試験なんです。たいへんなのは入ってからです。補習もたくさんあるし、本当は二年の年だけど、一年生に入ったんです、私。それなのにすごく遅れてて。こばと寮でも理都お兄ちゃんにはいっぱい勉強を見てもらったのと、今は週末にお兄ちゃんたちに教わって、何とか尻尾にしがみついています。もっと頑張って早く追いつかなきゃ」

「いや、やっぱりすごいよ」

「私、五つの時まで見えてたんです。だから手術の後、わりとすんなり『見える世界』に順応できたんです。五つの時、難しいことは分からないけど角膜の病気になって。その時はパパと住んでました。――パパと呼んでいて、自分でも自分をパパと言っていた人と。いろんなおじさんと住んだけど——ママは男の人がそばにいないとだめな人だったから——パパって呼んだのはその人だけでした。優しかったけど、私の目がどんどん見えなくなって失明を宣告されてからはママとけんかばかりするようになって。ある時出て行って、それっきり」

この少女は自分などには計り知れない苦労をしてきたのだと悠紀は思った。そして肉親や家族に傷つけられてきたという点で、怜奈もまた志史と理都に似ている。

「今日も学校の寮から？」

「今日は理都お兄ちゃんのうちから。金曜日は授業が終わったら理都お兄ちゃんのところに帰って、日曜日の夕方に寮に行くんです。最近は志史お兄ちゃんが車で送ってくれることが多いです」

怜奈にとって帰る家は理都の住む小暮邸ということだろう。

「いつから小暮邸にいるの？」

「去年の八月の終わりから。目の手術をして、退院してから」

「理都くんは今日きみが僕と会うことを知っているの？」

「たぶん分かってると思います。そうしたら志史お兄ちゃんにも伝わります」

「三人で会うことは？」

「まだ別々に会ってます。私と理都お兄ちゃん。志史お兄ちゃんと私。寮に送ってもらう時も志史お兄ちゃんは少し離れた場所に車を停めて、家の前には来ません。お兄ちゃんたちは先月くらいからメールも電話もしてるけど、直接はまだ」

昨年八月十二日、静人を殺害するため志史が小暮邸に赴き、そこで再会は果たされている。ただしそれは復讐のはじまりであって、すべてを終えた後の「本当の再会」とは違う。

径はいつのまにか梅林に入りこんでいた。ほとんどがこの風で散ってしまっている。怜奈は雨を受けるようなしぐさで咲き残った一輪の紅梅の花に触れ、顔をよせ、目を閉じて匂いを吸いこんだ。

「どうして手紙をくれたの？　僕に何か話が？」

「話があるのは若林さんの方じゃありません？　だから、わざわざこばと寮まで行ったんでしょ？」

「僕はきみの手紙を見てここに来たんだ」

「私が会いたいならこんな不確かなことはしないで、志史お兄ちゃんに訊いてあなたの家に手紙を出します。あなたが会いたいなら会えるように、こばと寮に預けたんです」

「僕が会いたいなら会おうと思ったのはどうして？」

「苺のお礼です」

澄まして言う——まるで本気でそう思っているかのように。

「若林さん、何を訊きたいですか？」

「……そうだな、僕がまだ知らないことできみが知っていること。たとえばこの間の——九日の、万里子さんが殺された事件とか」

「私が孫のような顔をして琴風荘に通ったのはおじいちゃんに信頼されるためです。気持ちを操れるくらい精神的に依存させるため。幼児に戻ったおじいちゃんは私を自分のお母さんだと思って、大人の時のおじいちゃんは私を恋人と思っていました。万里子さんは前の恋人って。傍目には正常に見えた時も、おじいちゃん、自分のことを二十代の青年だって信じていたんです。自分が若年性認知症だと思いこんで苦悩していました。万里子さんの生命維持装置を外してあげてっておじいちゃんに頼んだのは私です」

怜奈があまりに淡々と言うので、悠紀はとっさに意味がつかめなかった。

「理都お兄ちゃんは万里子さんを見守ることが贖罪みたいに思っていたんです。殺そうとした気持ちは嘘じゃない。後悔もしていない。でも心の底ではお母さんを捨てきれない。自分の中にあるお母さんへの思慕をあきらめきれないんです。お母さんを好きだっていうことじゃなくて。私もママに対してそういう気持ちだったし、同じことをしたから分かるんです」

「……同じことって」

「後悔してないですよ、私も」

怜奈は梅の木の間を縫うように歩き出す。

「理都お兄ちゃんにはもう万里子さんは殺せない。理都お兄ちゃんが望まないことは志史お兄ちゃんもしない。私がやらなきゃ、ずっとこのまま。理都お兄ちゃんが可哀想なまま。だ

――もう殺せない。それは、一度は殺そうとしたということだ。つまりアトリエの火事は万里子の放火ではない。そして、怜奈のした「同じこと」とは、コーポ曙杉の火事を指すに違いなかった。

「お兄ちゃんたちは知らないんです」

いつしか梅林を抜け、池を囲むように広がる日本庭園に出ていた。

「きみと志史たちとのことを聞かせてくれる?」

水面はあざやかに周囲の緑を映している。怜奈は飛び石を爪先で軽やかに渡りながら、

「アパートの火事の後、私、一か月くらい病院にいたんです。社会的入院ていうらしいです。最初はおまわりさんが来て、いろんなことを訊かれました。おまわりさんたち、私の目が見えないのが分かると私のいるところで平気で内緒話をしてました。目が見えないとなぜだか耳も聞こえないって思う人っているんです。それから大家のおじいちゃんが来てくれたり、ソーシャルワーカーの人がこれからのことを一緒に考えましょうねって言ったり。一緒についていっても私は何にも決められるわけがなくて、こばと寮に入ることが決まったと伝えられただけ。もうお兄ちゃんたちに会えないのかなって、それだけが悲しかったです」

たった一人で暗闇にいる十歳の怜奈の胸の内はどれほどの不安で覆われていただろう。そんな怜奈にとって理都と志史はどれほど大きな存在だっただろう。

「こばと寮に移る前、理都お兄ちゃんが病院に来てくれたんです。病棟のみんなで食べられるお菓子とクリスマスプレゼントのうさぎのぬいぐるみを持って。耳が長いからうさぎって分かりました。ぼろぼろになっちゃったけど、今でも一番大切な宝物です。帰る時、理都お兄ちゃん、必ずこばと寮に行くよ、志史も行くよ。一緒には行けないけどって。それから耳元でこう言いました。――待ってて、きっと七年後に光をあげる」

悠紀は息をのんだ。

「七年後……」

怜奈は歩みを止めて振り返る。長い髪が陽の粒子を絡ませてなびいた。

「若林さん、親族優先提供って知ってますか？」

「臓器の？」

「条件を満たすと親族に優先的に提供されるんです。親族って、親子か夫婦。親子は血のつながった実の親子か特別養子縁組の親子だけ」

特別養子縁組が普通養子縁組と大きく異なる点は、それによって実の親との縁が完全に断ち切られることだ。

「私はこばと寮に入る時に移植希望の登録をしていたし、静人さんは臓器提供の意思表示カードを持っていました。『親族優先』って書いたカード。記入がないと優先されないんです」

「きみはいつ――。静人って……」

悠紀は法学部出身ではないが、大学で民法の講義を受けたことがある。特別養子縁組には年齢制限や何か月間か一緒に暮らした実績などいくつか条件があり、当時十歳で、対象年齢を六歳未満と定めた法では年齢オーバー、しかもこばと寮で暮らしていた怜奈が静人とそれを結べたとは考えがたい。

しかし、怜奈が今わざわざそんなことを言い出したのは――その意味は――。

怜奈は去年の八月に手術を受けたという。静人の溺死も同じ八月だ。

そして八年前、理都は十歳の怜奈に約束した。

七年後の「光」を。

「きみの目……」

「私の角膜、ドナーは静人さんなんです」

「――いつ、養女に？」

「養女じゃなくて妻です」

「誰の？」

「静人さんの」

「……誰が？」

「私が。琴風荘では孫で通していたけど、本当はおじいちゃんの義理の娘なんです」

「きみは――小暮静人と結婚したの？」

さっきから怜奈はそう言っているのだ。言葉として理解はしているのだが、頭がなかなかその意味を受け入れない。

「一昨年の秋、十六になってすぐ婚姻届を出したんです」

「それって静人は承知で？」

「偽造だと思います。私、静人さんと会ったことはありません。結婚しても十八になるまではそのままこばと寮で暮らすことになってたんです」

「偽造って、志史と理都くんが？」

「はい。万里子さんとの離婚も」

生命維持装置が外されたという記事の中で、小暮ではなく旧姓の藤木万里子の名前が使われていることは悠紀も気がついていた。洋一は万里子の義父ではなく「元夫の父」となっていた。

静人は万里子と離婚していたんだなと、悠紀は単純に考えた。すでに小暮家を辞していた花村真澄はそのことを知らなかったのだろうと。

夫婦関係はとうに破綻《はたん》していたし、万里子に意識の戻る見込みはなく、申請によって離婚は認められるに違いない。彼らの婚姻関係が解消されても理都が静人の「子」であることは変わらない。

「離婚届を出したのはアトリエの火事のちょっと前って聞いてます」

「火事の前に？　それは静人と万里子さんの合意の上で？」

「だから、偽造です。静人さんも万里子さんも何も知りません」

アトリエの火事に関する記事は些末《さまつ》なものまで拾って読んだが、どの記事でも万里子は静人の「妻」になっていた。

報道機関は戸籍まではつきつめなかったのだろう。紙の上だけの離婚で、当人たちさえ離婚したことを知らなかったというなら。

「静人さんが死んだ時、警察の人がこばと寮に来ました。あれはアリバイ確認だったんですね」

こばと寮にいたことが確かめられたら、盲目の怜奈はそれ以上疑われることはない。捜査員は琴風荘にも足を運んだはずで、洋一が認知症であることも、その夜ずっと琴風荘にいたことも確認しただろう。

防犯カメラにも不審な映像がなく、理都のアリバイも明確である以上、検視で異常な点がなければ本人の過失による溺死と断定して何ら問題はなかったのだ。夫婦の年齢差など警察の介入するところではない。

「理都くんの養父と夫婦になることを何とも思わなかった？　会ったこともない年の離れた男と、形式上とはいえ結婚することに抵抗はなかった？」

責める口調にならないよう気をつけながら悠紀は訊いた。

「なぜ?」

怜奈は小鳥のように首をかしげた。

「お兄ちゃんたちが私のためにしてくれることなのに」

「——こばと寮の人たちは?」

「祝福してくれました。静人さんのことは奇特な篤志家《とくしか》って認識みたい。理都お兄ちゃんのお父さんてことで信用があったし、お兄ちゃんが静人さんの名義で毎年たくさん寄付金を納めていたからですね、きっと。でも、もう少ししたら死後離婚するつもりです。理都お兄ちゃんも、静人さんとの養子縁組を解消する申し立てをするんです。今のままじゃ、私が理都お兄ちゃんのお母さんてことになるでしょ? だから」

怜奈は屈託なく言った。

「コーポ曙杉にいた頃、見えなくなった原因を二人に話した?」

「角膜の病気で見えなくなったって言いました」

角膜移植によって怜奈の目が見えるようになる可能性があることを、やはり当時から二人は承知していたのだ。

これでパズルのすべてのピースがそろい、嵌まるべき位置に嵌まった。

——なぜ七年後でなければならなかったのか?

そう問い続けながら、想像もしなかった。「七年後」に、これほどの意味が隠されていたなんて。

志史はすべての真実を悠紀にさしだしたわけではなかった。

小暮邸アトリエの火事は計画に組みこまれていたのだ。万里子は殺害される予定だったのだ。

理都が火傷を負ったのは悲運な事故だった。

しかし、もっとも大きな誤算は万里子が生きのびたことだったのだ。

万里子は知っていたのだろう。静人と理都の関係を。閉ざされたアトリエで何が行われていたか、夫がわが子に対して何をしているか。

穿った見方をすれば、静人のよこしまな欲望を承知の上で結婚し、理都を「献上」したとも考えられる。

己の贅沢な暮らしのためにわが子を生贄《いけにえ》にして、自分はのうのうと舅に触手をのばして肉欲に溺れていたとしたら――。

それを知った時、理都の絶望が殺意に変わっても不思議はない。

当時、怜奈は十歳だった。六年で結婚できる年になる計算だが、結婚してすぐ夫が死亡、献眼ではあまりにも疑わしい。あえて一年の期間をとって七年後にしたのだろう。

理都は肉体を与えるのとひきかえに静人の心を己のてのひらに乗せた。そして、あたかも愛の証を求めるようにドナーカードを書かせた。

角膜だけではない、遺産の二分の一も怜奈のものだ。

理都が杉尾の小説を焼き捨てたのは当然だった。

怜奈の目に光を戻すことが、四つの殺人の中に秘められたもう一つの目的――理都が自らに下した至上命令だったのだから。

杉尾の小説はその核心に触れた。誰も気にとめない些細なエピソードだとしても、理都は看過できなかったのだ。

危うい賭けだとは思う。解剖に回されてしまえば献眼は難しかっただろう。適合しない場合もあり得たはずだ。

わずかな可能性に二人は賭け、そして、勝った。


園内を一周し、怜奈に誘われるまま温室をのんびりと見て、メタセコイアの木立に戻ってくると、奥の木の下枝にモスグリーンの蝶結びが揺れている。近寄って確かめると裁断されたネクタイに間違いなく、二本重ねてきつく結んであった。

今日だったのだ――再会の儀式は。

最後の一本は二人で結び、外さずに枝に残してゆくのか。

すべての復讐、すべての祈りが果たされた記念樹として。

「わざとゆっくり園内を見たんだね。僕をここから引き離しておくために」

「毎年、結ぶ日をいつに決めていたか分かりますか？　東京でソメイヨシノが開花した翌日。休園日ならその次の日」

「桜が咲いたら……」

突然、道路の方でパトカーのサイレンが響いた。二台や三台ではない。サイレンは何重にもなり、救急車のそれも重なってけたたましさを増幅しながら迫ってくる。

胸騒ぎがして怜奈を見ると怜奈も蒼ざめた硬い表情で悠紀を見返した。

第十章　天　秤

1

——間違いありません。私が刺しました。包丁は店にあったものです。サラダやサンドイッチ用の野菜を切る包丁です。ぎざぎざの断面でお客さんに出すことはできないですから、包丁は毎日きちんと砥《と》いでいます。

ああ、誤解しないで下さい。普段から砥いでいた、刺すために砥いだんじゃないという話ではないんです。よく切れる包丁であることを承知していたと言いたいんです。殺意があったと。

いや、あんな男は知りません。あんな男を刺すつもりはありませんでした。私が殺したかったのは立原です。ええ、立原志史。

立原は私の一番大切なものを壊したからです。私の一番愛しい人間を殺したからです。

一番——いいえ、唯一の。

私には五つ下の妹がいました。

長子の常でしょう、母をとられたように感じたこともありました。

私が友達と遊びに行こうとするとついてきたがって、だめだと言うと泣いて、そうすると私が叱られて、連れて行ってあげなさいなどと命じられて、一度や二度ならともかくそうしょっちゅうでは友達もいやがりますから結局私があきらめて家で妹と遊んでやる羽目になるので、妹なんかいなければよかったと思ったこともありましたが、たった一人のきょうだいでたった一人の妹です。可愛くないはずがありません。

高校生の時に事故で両親を亡くし、一時は別々の親戚の家の世話になりましたが、高校を卒業した私は役所に職を得て独立し、妹を引き取りました。幸い両親の遺産が少々と、保険金や事故の補償金がありました。

二人きりの家族です。私にとって妹は娘のようでもあり、誤解しないでほしいですが、新婚の妻のようでもありました。生きがいといっても大げさではない、本当にかけがえのない存在だったんです。

妹は短大を卒業すると食品メーカーに就職し、二年後に同僚と結婚しました。真面目な男で私も安心しました。もちろん妹が出てゆくのは淋しいことでしたが、幸せになってくれればそれでよかった。

二十二で結婚ですから早い方ですが、なかなか子供ができませんでした。五年目に妹は仕事をやめて本格的に不妊治療をはじめました。流産などもあり、やっと授かったのがあの子

——夕華でした。

夕華が生まれたことで私の心境にも変化が生じました。もう完全に妹とは別家庭になったんだと——。

もちろん妹が結婚した時点でそうです。それは承知していましたが、子供ができたことが決定打になったんです。

妹の家族は夫と娘であって私ではない。喪失感の中にもどこかしら肩の荷を下ろしたようなほっとした気持ちの中で、これからは思うように生きてみようと思いました。

私の両親は駅前の古い商店街で純喫茶を営んでいました。祖父母がはじめた店で、戦前からありました。両親が亡くなり、現金化するために売却したので、今ではマンションの一部になってしまいましたが、私は両親の店が好きでした。店を取り戻したいという気持ちはずっと私の中にあったんです。

はい、店はもうとっくになく、ないものを現実に取り戻すことはできません。両親の店を再現して経営することで、象徴的な意味で取り戻したいと思ったわけです。

私は勤めを続けながらカフェ経営の学校に通いました。また暇さえあれば大手チェーンではないカフェをめぐって研究をしました。まあそんな経緯はともかく、最終的には勤めをやめ、どうにか開店までこぎつけたわけです。

ところがそれから二年もたたず、開店を一番よろこんでくれた妹が死にました。癌が見つかった、あっというまでした。

妹の夫は幼稚園児だった夕華を連れて横浜の実家に戻りました。義弟のご両親が健在で、義弟が外で働いている間は夕華の面倒を見て下さることになったんです。

夕華のためにはそれがいいでしょう。いい人たちなので心配もしませんでした。それまでのように気軽に夕華に会うことはできなくなってしまいましたが……七五三や入学、卒業などの節目節目に祝いを贈ることで細いつながりを保っていました。

夕華は本好きな賢い娘で、祖父母と父親に愛されてすくすく育ってくれました。ただ、少し大人しすぎたのと、本の世界に想像を広げすぎて現実に適応しづらいところがあったんでしょう、中学の一時期いじめられたようです。

それでも勉強を頑張って希望の高校に入学したんですが——その学校には同じ学校から来た生徒はいなくて、まったく新しい環境だったんですが、もともと内向的な上にいじめの体験のせいで萎縮してしまって友人ができず——高校では特にいじめがなかったのは本当のようですが、とにかく本人が登校できなくなってしまって、結局中退です。実は、立ち消えになりましたが当時父親の再婚話もあって、かなり不安定だったようです。

努力家なので大検——今は高認でしたか——に合格して、親は大学へやりたかったようですが、本人が同世代の人間が大勢集まるようなところへは行きたがらなくて。

それで精神的なリハビリもかねて、私の店でウェイトレスとして働くことになったんです。立原は店の客でした。夕華が自分から男の子に声をかけることはあり得ないです。私から見ればとても可愛い娘ですが、本人は外見にコンプレックスを持っていたようでした。

ですから夕華と立原が親しくなったのには驚きましたが、若いのに外見の華やかさにまどわされずちゃんと内面を見るんだな、夕華の心を愛してくれたんだなとうれしかったものです。

うちの店はご存じの通り映陵大学の近くにあります。立原も映陵大生で、かなり優秀な学生らしく、将来性がどうとか、打算まみれの女子学生たちが虎視《こし》眈々《たんたん》と狙っているわけですよ。

それを、映陵大生でもない、特別華やかでもない夕華が射止めたわけですから、彼女たちとしてはとうてい納得がいかない。

一部の女子学生は店にまで連日いやがらせにきました。こぞってゴボウサラダやキンピラゴボウを注文したりね……メニューにはありませんよ。

彼女たちによれば立原はゴボウのように色黒でやせた女の子が好みだそうで、あんたがゴボウに似ているからちょっとつまみ食いされているだけだというようなことを夕華に言っていたんです。

夕華は気にしていませんでした。私は彼女たちのせいで夕華の対人恐怖症が再発してしまうのではないかと心配したのですが、立原とつきあうことで自信が生まれたんでしょう、夕華は彼女たちの暴言を受け流せるようになっていました。

夕華は本当に強く、明るくなりました。私は立原に感謝しました。

ところがやはり立原は浮ついたただの男でした。三か月かそこらで夕華は捨てられたんです。

夕華の方からふるはずがありません。はじめから本気じゃあなかったんでしょう。身近にいない夕華のような純朴な娘がものめずらしくてつきあって、身体の関係を持ったら用ずみってことでしょう。

夕華が何でもないようにふるまえばふるまうほど、夕華をもてあそんだ立原が私は許せなかった。今度店に来たら怒鳴りつけてやろうと思っていましたが、さすがに気まずいのかそれ以来店には来ませんでした。

しかし今年に入って夕華がまた立原と会ったんです。どうして分かったかって、夕華の様子があまりにもそわそわしているからあとをつけたんですよ。

新しいコートだし、メイクもいつもより濃い。あの子には似合わないのに。

夕華は遅くまで開いている古本屋に立ち寄ったりコンビニのトイレに入ったりした後で線路の向こう側のファミリーレストランに入りました。私も中に入ろうか迷っていると、立原が来るじゃありませんか。

あわてて隠れると立原は私に気づかずに店に入りました。窓からうかがうと夕華が笑顔で立原に合図している。夕華の向かいに座った立原の表情は見えません。

食事が終わった後もドリンクバーで粘って話していました。夕華は深刻そうに眉をひそめたり、笑ったり、どんな話をしているのかさっぱり分かりません。

十一時半を回ってやっと二人が出てきました。少し離れて歩くのが、見ようによっては初初しい恋人同士に見えなくもないです。

二人は近くのパーキングに行きました。そのファミレスには駐車場がないんです。立原が助手席のドアを開けて、夕華がうれしそうに乗りこみます。

車は神奈川方面へ行きました。横浜まで送っていくだけならいいのですが。

翌日、夕華は店に二分遅刻してきました。軽く注意しますと、「ゆうべ眠れなかったの。ごめんなさい」と謝りました。私はあれから家へは帰ったのかと訊きたいのをかろうじてこらえました。

隠そうとしたって夕華が浮かれていることは分かります。立原の方はどうせほんの気まぐれか退屈しのぎに決まっている。しかし夕華は幸せそうで、それなら私ももう一度だけ立原の真心に賭けてみようと思ったのです。

ところがその数週間後のことです。あれは店の定休日ですから日曜日の夕方でした。偶然立原を見かけたんです。

国道沿いのコンビニから女の子と出てきたところでした。駐車場に停めた車――意外に地味な車でしたがね――に乗ろうとしています。女の子は高校生くらいでしょう。ゴボウどころか！　ぬけるように色白で可愛らしい女の子でした。立原は女の子のために助手席のドアを開けてやる例の紳士ぶりを発揮していました。

私はすぐタクシーを拾って立原の車を追ってもらいました。車は首都高に入り、どこまで行くのだろうと少々あせりましたが、高井戸《たかいど》のインターで下りて学校のような建物の前で停まりました。女の子は手を振って門の中に入っていきました。

私もタクシーを降りました。電車で帰れますからね。

そこはある女子高の――私たちの世代では憧れの的のお嬢さん学校ですよ――寮でした。

次の日曜日、寮の近くで隠れて見張っていますと夕方になって立原の車が来ました。助手席のドアが開いて先週の女の子が降ります。私は用意したデジカメでこっそりその子の写真を撮りました。

後日プリントアウトして寮生の子に訊き回ると――「この子を結婚相手に考えている人がいて、本人に知られないように身辺調査をしています」と丁寧にお願いしました――面白がって答えてくれる生徒もいて、イケメンの年上の彼氏がいるとか、ただの彼氏ではなく婚約者で、週末は寮母公認で外泊するとか、本当はもう結婚しているとか、まあそういう話を集めることができたわけです。

結婚や婚約をしているかはともかく、立原がその女の子と交際していることは間違いないようでした。

その翌週の日曜日には、車の中の彼らを真正面から撮影することに成功しました。今時のカメラは性能がいいですから、遠くからの素人撮影でも綺麗に撮れます。パソコンに取りこんで拡大すれば間近で写したのと変わりません。

翌日、店に来た夕華に、もう立原には会うなと言いました。誘われても行ってはいけないよ、と。

夕華は真っ赤になって反論しました。夕華にはめずらしいことです。伯父さんにそんなことを言われるすじあいはない、友達だからこれからも普通に会うと。——普通にって、何でしょうかね。

一日でも早い方が傷は浅いでしょう。私は夕華に写真を見せました。立原はこの女の子とつきあっている。婚約もしている。名門女子高校の生徒で、卒業を待って結婚するんだと教えたんです。

しばらく呆然と写真を見つめた後で夕華は、

「ちょっとトイレ」

バタンと大きな音を立ててドアを閉めて長いこと出てきませんでした。やっと出てきた夕華が真っ青な顔をしているので、私は夕華が妊娠していると察したのです。

「夕華、伯父さんに隠していることがあるだろう。妊娠してるね？　あの立原とかいうやつの子だろう？」

「違うよ……伯父さん、何言ってるの」

「伯父さんがついていってあげるから今から病院へ行こう。こういうことは早い方がいい。今日は店を閉めるから。さあ」

　腕をつかんだ私の手を、夕華は怯えたように振りほどきました。怖がることはないのに。夕華が悪いのではない、悪いのはあいつです。

「立原には伯父さんがきっちり話をつけてやる。夕華をもてあそんだつぐないはさせる。あんなやつ夕華にふさわしくない。何が映陵大生だ。助手席のドアを開けて紳士ぶったって心根は薄汚い下衆《げす》じゃないか」

「何にも知らないくせに志史くんの悪口言わないで」

「あんなやつをかばって、夕華は本当にいい子だね。あんなやつの百倍いい男をきっと伯父さんが探してあげるからね。夕華は伯父さんが守る。そうだ、身体がよくなるまで伯父さんの家にいればいい」

　夕華は店のエプロンを脱いでカウンターに置きました。

「私……お店やめる。やっぱり遠いし、志史くんとの思い出がつらいし、うちの近くでバイト探す」

夕華はコートとバッグをつかんで逃げるように出て行きました。

「夕華！」

私はすぐに夕華を追いかけました。

「待ちなさい、夕華！」

夕華は大きく肘を振り、徒競走のようにスピードを上げます。

「危ない、止まるんだ、夕華っ！」

急ブレーキの音が耳をつんざきました。

トラックが私の目の前で夕華を……。

夕華を……。

……ああ……これ以上は勘弁して下さい。つらすぎる。

はい？　逆恨み？　夕華は妊娠していなかった？

はあ、そうですか。そうだとしても立原の罪状は変わりませんよ。夕華の心と身体をもてあそんだ。だから夕華は死んだんです。

私のせいですって？

今の話を聞いていなかったんですか？　あれは夕華の自殺です。立原が殺したようなものです。

それでもね……殺してやりたいほど憎かったけれど、それでも、殺そうとまでは思わなかったですよ。立原が夕華の葬式に現れるまではね。涙も見せず、後悔の色もなく、冷たい横顔で夕華の遺影に手を合わすのを見るまではね。

喪服が似合ってね、何でしょう、中年男の私がほれぼれするような色香がありましたよ。あの立原志史って男は……。

それを見た時、殺さなければならないと思ったんです。

さあ、なぜでしょうかね。

立原を殺そうと決めて、今度は逆に寮から立原の車をつけて自宅をつきとめました。坂の上の閑静な住宅街の、由緒ありそうな古い構えの家に住んでいましたよ。

可愛い夕華の復讐でも、人を殺せば私の人生も終わりです。立つ鳥跡を濁《にご》さず——ちゃんと後始末をしておこうと思いました。店を閉めるのには煩雑な手続きがありますし、わずかばかりの財産ですが、交通遺児や、交通事故で重い障碍を負った親を持つ子供たちの育成基金に寄付したりと、少々時間がかかりました。

それでやっと今日、立原を殺しに行ったんです。

家を見張っていたら自転車で出かけるんでまいりましたよ。とりあえずタクシーを拾って、運転手に無理を言ってゆっくり走ってもらいました。

着いた先は植物園。夕華が死んだのに、のんきに花見ですか。いい気なもんだ。

門から少し離れて待ち伏せました。中で待ち合わせたんでしょうね。入る時は一人でしたが、出てきた時は二人でした。

もう少しのところだったのに、ここまできて妨害されるなんて。

私は懲役何年くらいになりますかね？

あきらめませんよ、私は。出所したら立原がどこにいようと探し出して、今度こそ殺します。何年後になろうと、必ず夕華の仇を――。

2

道路は騒然としていた。何台ものパトカーや覆面パトカーが赤いランプを点滅させて停まり、警察官が四人がかりで男を取り押さえている。男のそばには血染めの包丁が落ちていた。アスファルトにぞっとするほどの血だまりがある。

救急車にストレッチャーが運びこまれようとしていて、志史がつきそい、何か話しかけながらそこに乗せられた人物の手をにぎりしめている。

「理都お兄ちゃん！」

怜奈は警察官の制止を振り切り野次馬をかき分けて駆け寄った。志史が――志史のこんな顔を初めて見る――苦悩するような顔で怜奈を見つめた。

「この子は被害者の身内です」

志史は言い、怜奈も救急車に乗りこんだ。

「志史！」

数秒遅れて飛び出した悠紀へ志史は一瞬、視線を投げた。

加害者らしい男は警察官二人に挟まれてパトカーに乗せられた。救急車とパトカーはほぼ同時に発進した。

警察官の中に見覚えのある顔があった。恭吾の葬儀にも来た竹内という刑事だ。

「竹内さん」

声をかけると、竹内はずんぐりした首を少しひねった。

「去年の十一月に千駄木の公園で殺された立原恭吾の甥の若林悠紀です」

「ああ、そうでしたね」

「偶然ここに来ていて」

「自分もたまたまこの近くにいました。警察車両で包丁を持った男がしきりに立原志史という名前をわめいているという通信を聞いて、気になって見に来たんです」

「何があったんですか？」

恭吾の事件とは管轄が違うはずなのに、わざわざ足を運んだのは仕事熱心なのか、それとも何か個人的に引っかかりを感じていたのかと考えながら悠紀は訊いた。

「まだはっきりしたことは分かりません。目撃された方々の話では男は志史さんを狙ったようです。連れの方がとっさに志史さんの前に飛び出したということです」

「傷は？」

「腹を刺されたようで――浅手ではないでしょう」

竹内は渋い表情で赤黒い血だまりを見た。

悠紀は左脇の傷跡に触れた。一瞬、灼熱の痛みがよみがえった。

「どうして、誰が志史を――？」

「お心当たりはありませんか」

「ありません」

恭吾が殺され、犯人とされた斉木が転落死して日も浅いのに、恭吾の孫であり養子で、斉木の実子でもある志史が襲われた。どちらの事件も捜査は終了しているが、志史の名前を記憶していたこの中年の刑事は本音ではどのように考えているのだろう。

救急車が向かった病院を訊き、大通りへ出てタクシーを拾った。

病院に着くと、ちょうど刑事たちから解放された志史と行き合った。

「来てくれたんですか」

そんなふうに言うのが意外だった。

「大丈夫なのか」

「緊急手術中です」

「志史は大丈夫か？」

「俺はかすり傷もありません」

いつものポーカーフェイスだが、それは張りつめたガラスの脆《もろ》さを秘めて、もし触れればその刹那に砕け散ってしまいそうだ。

「理都は俺をかばったんです。俺の前に立って、自分の腹を包丁の鞘にして」

「刺したのは？　知ってる男なのか？」

「青麦のマスターです」

「青麦って――」

「夕華の伯父です。夕華を実の娘みたいに可愛がっていた」

淡いランプに照らし出された、あのレトロな店のカウンターの中にいた男を思い出そうとしても明瞭な像を結ばない。

「あなただと思ったんです。時々、つけられているような気配や見張られているような視線を感じました。でも、それはあなただと――あなたか、探偵事務所をやっているというあなたの先輩だろうと思ったんです。これ以上何を知りたいのか知らないけど、理都じゃなく俺のまわりをうろちょろする分には好きにしたらいい……そんな傲慢さが……きちんと向き合っていたら、マスターだと分かったのに。そうしたら彼の狂気に気づけた。危険を予見できた。理都を、こんな目には……」

　噛みしめた唇に血が滲む。

「青麦のマスターが、どうして志史を？」

「俺のせいで夕華が死んでしまったから」

「亡くなった？　夕華さんが？」

「トラックにはねられて。悠紀さんのマンションに行ったあの日が告別式でした」

　驚いて、すぐには言葉が出なかった。

「――若いのに――それは――可哀想だったな。いい子みたいだったのに」

「ええ、いい子でした」

「でも、事故だろう？」

「俺のことでマスターと言い合いになって飛び出したらしいです」

「それは志史のせいじゃないだろう？」

「俺のせいです。俺が夕華をもてあそんだことが原因だから」

「もてあそんだ？」

「夕華と話すのは面白かった。夕華は頭の回転が速くて、読書の好みも似ていました。友達のつもりでしたが、夕華が違う意味の好意を持っていると気づいて――その時点で距離を置くべきだったのに、俺はそれをしないで夕華を抱きました。夕華の好意につけこんで夕華をはけぐちにしたんです。そして三か月で別れた。それがもてあそんだことになるというならそうでしょう」

「彼女は志史とつきあって幸せだったって言ってた。もてあそぶって言葉自体夕華さんに失礼だと思うけどな。夕華さんと志史は対等で、夕華さんがそうしたいと思って志史とそうしたんだ。違うか？」

「愛していないのに？　愛することはないと分かっていたのに？　夕華の時だけじゃない、今までつきあった女の子――男ともありましたが――俺は誰も愛さなかった。それが女でも男でもどっちでもよかった。代替にすぎないという点でどっちでも同じでした。そんなだから向こうから愛想をつかされるか、自分に嫌気がさして俺の方からやめるか……。夕華とも終わりにしたのに、あなたが夕華に接触して、そのことで夕華が連絡をくれた時、とっさにアリバイに利用することを思いついて、斉木の父を殺す夜に会ってしまった」

「……僕のせいだな」

「あなたは母の依頼にこたえただけです。俺は自分のために夕華を利用した」

「夜に会った時、夕華さんとは――？」

「アリバイのために遅くまで話して横浜の自宅まで送りましたが、指一本触れてはいません」

「それなら、志史は誠実だ」

「誠実も何も、俺は夕華に欲望は覚えませんから」

「僕がどう言っても、自分に責任があると思うんだろう？　だけど志史に連絡するよう夕華さんを促したのは僕だ。少なくとも半分は僕の責任だ。だからそうやって一人で背負わないでほしい」

志史の唇が、水にたゆとう花影のような儚い微笑を浮かべた。

「優しいんですね、悠紀さん。一生懸命言ってくれていると分かりますよ」


手術室の前に行くと怜奈が椅子から立ち上がって志史にしがみついた。志史はしゃくりあげる怜奈をなぐさめ、自分の横に座らせてそっと肩を抱いた。

悠紀は少し離れて腰掛けた。

扉の上に「手術中」のランプが赤く灯っている。

廊下にはほかに人影はない。刑事たちは待機しているのだろうが、ここから見える範囲にはいない。とても静かだ。

扉の中に理都が運びこまれてから何時間たつのだろう。時計を見てもよく分からない。目も心も文字盤をすべって、現実感が希薄だ。

志史の肩にもたれて、やがて怜奈は眠りに落ちた。志史はジャケットを脱いで怜奈の肩から膝に着せかけた。怜奈を起こさぬように無理な脱ぎ方をした弾みで内ポケットから薄緑色の手帳が落ちたが、手術室に注意を奪われて気づかない。

悠紀が拾おうとした時、志史が静かに口を開いた。

「もう分かっていると思いますが、アトリエの火事は計画の内でした。立原の父が留守になる夜を決行日として、俺が火をつけました。絵を燃やすことと万里子さんを殺すことが目的でした」

「彼女は静人の真の目的を承知で結婚した。むしろ彼女が理都くんを静人にさしだしていた。違うか?」

「そうです。理都は彼女の態度から薄々それと分かっていた。でも静人の口からはっきりそれを聞かされた時、信じたくないと思った。思いあまって問いつめた理都に彼女は言ったそうです。たった五つかそこらで男を誘惑するくらい、おまえは生まれつき淫売の素質があるのだから、清らかぶらずにせいぜい楽しみなさい、と。それでも殺されるほどの罪ではないと思いますか?」

悠紀は黙って力なく首を振った。

「彼女は硫酸をかけた犯人が静人だということは知らなかった。それは理都の切り札でした。理都は静人の口から——ベッドで——聞いたことにして彼女にその事実を告げ、自分が手を貸すから復讐したらいいとそそのかしたんです。自分がアトリエに静人を呼び出すから、静人の大事な絵を燃やすとおどかして白状させ、その上で本当に燃やしてやればいいと言ったんです。とても燃えやすいお酒を知っているよ、とも。でも炎に包まれた彼女を見た時、理都はあせずにはいられなかった。ごめんねって理都は謝るんです。二人の計画なのにごめん、志史の大事な時に心配かけてごめんって。謝らなきゃいけないのは俺の方なのに。危険な場に理都だけを残してしまった。理都を守れなかった。傷つけてしまった。理都の優しさを誰よりも知っているのは俺なのに。絵を燃やすこととは切り離して、別の方法を考えるべきだったんです」

そんなに苦しまないでと理都ならば言うのだろう。自分は大丈夫だと微笑むのだろう。今この瞬間も、どんな時も、理都だけが志史をなぐさめ、理都だけに志史は癒されうるのだ。

「離婚はどうやって？」

「斉木の父を使って届を出したんです。婚姻届も」

「そうか、斉木を……！」

「鼻先ににんじんをぶら下げれば、斉木の父を操るのは赤ん坊の手をひねるより簡単でしたからね」

斉木なら年齢も静人と近い。コインシャワーにでも行かせて服装を整えれば見栄えもする。昔とった杵柄で演技もできる。

斉木を殺したのは口封じの意味もあったのだ……いや、逆だ。殺すことを決めていたから利用したのだ。

「離婚の件は別にばれてもよかったんです。火事で万里子さんが死ねばどうせ分かってしまうことだし、静人は万里子さんが勝手に離婚届を出したと思うだけでしょう」

「結局、気づかれなかった？」

「小暮家の財務的なことは理都がすべてやっていたから、すっかり任せきっている静人が、自分がいつのまにか離婚して他の人間と結婚していると気づくことはなかったようです」

「志史も言ったけど、不思議だな。静人にしろ斉木にしろ、どうして虐げた相手を信じきっていられるのか……」

「あの時も言いましたが、それは信じるというのとは違います。要は人として見ていないんですよ。人格や尊厳、誇りや心があるなんて思ったことはないんです。欲望を満たすだけの、都合のいい、ただ生きている人形……本当の人形相手だって、間違って傷つければ可哀想なことをしたと思う人もいるのに」

志史は寝息を立てている怜奈の髪をかきやり、

「角膜移植のこと、怜奈から聞いたでしょう？　鋭すぎて、この子に隠しごとは難しい。それならいっそ全部話そうって理都と決めて」

「この子には驚かされた。きみたちのことではもう驚かないと思っていたのに」

「もし静人の角膜を移植できなかったら、俺が怜奈と結婚してドナーカードを書き、しばらくしたら死ぬつもりでした。事故を装って。知っていますか？　ドナーが自殺すると親族に優先されなくなるんです。それが目的の自殺を防ぐために」

「そんなことをしたら理都くんも怜奈さんも悲しむ」

「俺が死んでも理都には怜奈がいます。怜奈には理都が。少し先ですが、怜奈が高校を卒業したら結婚するんです。藤木理都に戻れば婚姻が認められる可能性は高いし、もし認められなくてもかまわない、何も変わらない――二人はそう思うでしょう」

「僕はてっきりきみと――」

「怜奈が？　理都が？」

「理都くんだ」

悠紀は理都を知らない。卒業アルバムの写真と一枚の絵――夜の窓に映った儚い少年像――でしか、その顔や姿を知らない。だが、たくさんのエピソードを聞き、長い時間を費やして理都のことを考え、想像してきたから、まるで弟のように親しく、遠い昔から知っているように感じるのだ。

「友情です」

「それだけじゃないと思う」

「それ以上を求めた俺だから、それ以上ではないと分かるんですよ」

「初恋は十二歳の時……そう言ったな、志史」

「俺にとってはまだ終わっていないんです。きっと、一生終わらない」

季節が少年からその先へと流れてゆく中で、愛の形を変えていったのは理都だろうか、それとも志史の方だろうか。

理都の気持ちが「それ以下」とは思わない。志史は決して理都を求めはしないだろう。それでももし志史が望めば理都は笑ってこたえる――そんな気すらする。

怜奈をいつくしむことが志史への愛を奪うわけではない。理都の心に湛えられた二つの泉のどちらがより深いか、より美しいか――比べられるものではないはずだ。

「理都――火傷のことで――本当に自分でいいのかって、ずいぶんためらってたけど、怜奈はずっと人の心だけを見てきた子です。だから今も同じ理都を見ているし、これからもそうです。俺……ばかだな、早くちゃんとプロポーズしろって、理都に――」

「いいのか、それで？」

「いいに決まっているでしょう。俺の願いは理都の幸せだけです。孵らなかったキジバトの墓を一緒につくったあの日から」

「きみがそう思うように、理都くんは志史の幸せを願うんじゃないのか？　二人が幸せになってこその計画の成功だろう？」

「実は先日吉村先生にお願いして、大学のピアノ科の教授だった方を紹介してもらったんです。その方の前でピアノを弾いて、レッスンをしてもらえることになりました」

「そうだったのか。やっぱりすごいな。こういう言い方、志史は好きじゃないかもしれないけど、頑張れよ」

「好きじゃないなんてことはないですよ。そういうふうに言ってもらうのはうれしいです」

志史はひどく穏やかだった。きっと、これが偽りのない本当の志史なのだろう。理都と怜奈しか知らない――ありのままの。

悠紀は腕をのばして手帳を拾った。ページに手書きでびっしりと五線が書かれ、細かい音符や音楽記号が躍っている。

「作曲してるのか」

「浮かんだ時に書きとめるんです」

返そうとした手帳が、受け取ったと思った志史の手から悠紀の膝に落ちた。悠紀は志史の指がふるえているのに心づいた。

「奏でたい旋律がありました。作曲や調律師の勉強もしてみたかった。ピアノにかかわって生きていきたかった」

「どうして過去形で言うんだ？」

「理都がいない世界でピアノを弾いたって意味がないからですよ。どんな曲を弾く時も、俺は理都のことを奏でているんです」

メロディの断片を拾いながら、悠紀は手帳をめくる。最後のページには五線譜ではなく言葉が綴られていた。

孵らざる卵を埋めた深爪の僕らの指は翼の墓標
フライパンに卵をわれば黄味ふたつよりそっている蝶のかたちに

木洩れ日のあるごときかな図書室の机にノートをひらきて置けば
夕日影かがやく図書室の窓で永遠になるつかのまの夏

悠紀が幾度となく読み返した『翼の墓標』の短歌の一首ごとに、返歌のように三十一文字が書いてある。

あどけない夢など見ない僕たちが肩を合わせてうたた寝をする
天秤にかけるとすればこの肩にまどろむきみの頭蓋と地球

ルリタテハ指差しながら振り返る双子のような僕たちの影
ルリタテハそのふたすじの水色はぼくたちだけの夏空だった

閉じこめられたる旋律の鳥となりて五線などなき空へ羽ばたけ
何もない部屋で机を奏でようこの十指には羽があるから

これは志史の聖域だろう。侵すべきではない、見てはいけないと思っても、響き合う言の葉を追うのをやめられなかった。

「志史、ごめん、これ……」

「いいんですよ。今更あなたに隠すことはないし」

悠紀がひらいたページに気づいても、志史は穏やかなままだった。

「静人を殺しに行った時、作品集を見せてもらって理都の歌を書き写したんです。何百回も読むうちに俺の中にも言葉が生まれてきて……いつもはそれが旋律になるんですけど」

君がため火刑にならん夕焼けにわが横顔は染められやすし
片頬の涙のあとが黄金の刃文のようだ日輪を背に

てのひらをかたみに置きて肋骨の内心臓は咲き誇るかな
おたがいの心臓としてとりかえたビーカーに咲く球根の花

光りつつ降る花びらを浴びながらあの角までは俤と歩む
生まれくる前のぼくらの魂が呼びあうように舞う花吹雪

七分の一の誓いを結び合うメタセコイアは空に届く樹
遙かなるメタセコイアの梢より降る金銀のかなしみと夢

「理都、夢みたいなことを言うんです。『彼方の泉』のように、これからはずっと三人でいようって。小暮の屋敷を建てかえて二世帯のテラスハウスにして、一つに怜奈と理都、一つに俺が入るのはどうだろう、とか。いっそ土地ごと売り払って、誰も知らないマンションの最上階で隣同士に住もう、とか。そんな夢みたいな……夢みたいで……夢みたいに楽しそうなことを」

悠紀は初めて志史の生身の声を聞いたような気がした。

「理都が語ると、何だかそれが本当にできるような気がして……。俺はピアノにかかわる仕事をして、作曲をしたり、誰かに教えたり、毎日ピアノを弾いて暮らして、時々理都と怜奈が――時には理都だけが――ピアノを聴きにくる。三人で食卓を囲んだり、理都と二人で飲み明かしたりもする。そんな日々が、そんなお伽話《とぎ》が、叶うような気がして」

若葉の尖端から柔らかな朝露が滴り、凍っていた水面を融かすように、そうして幾重にも幾重にも果てない波紋を広げてゆくように、志史の瞳が透明なまま潤んでゆく。

「きっと叶う」

「本当にそう思いますか？」

「ああ。きっと、もうすぐ」

刹那、志史の瞳から一粒の涙が頬にきらめき流れた。

――許されるか、許されないか。

計画の成否でそれを諮るとあの時志史は言った。

四つの殺人は完遂され、裁定は下されたのだと悠紀は思っていた。

だがテミスの天秤はまだ振れ続けていたのだ。

風よ僕らの前髪を吹きぬけてメタセコイアの梢を鳴らせ
初恋を告げえずそっとくちびるでふれて別れしきみの前髪

祈るような思いで悠紀は手帳を閉じた。

「理都……」

濡れた睫毛を張りつめて、まばたきもせずに志史は手術室の扉を見つめている。

解説

宇田川拓也（書店員）

タイトルに惹かれて、本書に手を伸ばしたのでは？

いまこの問い掛けに頷いている方が、多くを占めているものと確信する。

弥生小夜子『風よ僕らの前髪を』は、第三十回鮎川哲也賞に投じられ、優秀賞に輝いた著者デビュー作である。新人賞受賞作が刊行に際し、版元の判断や選考委員の助言を受けて改題されるケースは決して少なくない。プロになる以前の応募の段階で、その内容にふさわしい、的を射たタイトルを付けるのは、それくらい難しいということだが、まるで詩の一節のように字面がよく、澄んだ美しさを感じさせ、つい目で追ってしまうこのタイトルは文句なしといえよう。

もちろん物語の出来栄えも、秀逸なそれに相応《ふさわ》しい。

恒例である新年の歌会終了後、若林悠紀《わかばやしゆうき》は伯母の高子《たかこ》から声を掛けられる。「お願いしたいことがあって——恭吾《きようご》さんのことで」

二か月前の朝、高子の夫で弁護士の立原《たちはら》恭吾が、愛犬の散歩コースである公園のベンチで死んでいるのが発見される。マフラーのようなもので首を絞められた痕があり、いまだ犯人は見つかっていない。

高子は秘かに養子である大学生の志史《しふみ》を疑っており、以前に探偵事務所で働いていた経験を持つ悠紀に、事件についての調査を依頼したいという。立原家の家族関係はいささか複雑で、志史は実際のところ恭吾と高子にとっては孫にあたる。彼には確かなアリバイがあり、警察も容疑者の線からは外していたが、高子は見てしまった。葬儀の日、志史がお焼香《しようこう》の際に少し俯いたまま、唇の両端をつり上げ、静かに笑っていたのを。

悠紀にとって志史は従弟《いとこ》であり、高校受験までの三年近く家庭教師として教えたこともあった。そんな彼が浮かべたという表情は、いったい何を意味しているのか……。

こうして始まる物語で、まず目を見張るのは表現力に富んだ品のある文章の素晴らしさだ。とくにその文章は美を表す際に本領を発揮する。たとえば、悠紀が志史の中学校の卒業アルバムから見つけた、本作で極めて重要な役割を果たす小暮理都《こぐれりつ》の写真から受けた印象の説明。あるいは志史と理都の中学時代を知る人物が語る、図書室の窓辺にいたふたりの〝神聖〟な姿など、じつに鮮やかにイメージが立ち上がってくる。

そうした美的な文章を駆使した繊細な物語にもかかわらず、ダシール・ハメット、レイモンド・チャンドラー、ロス・マクドナルドを代表とする硬派なジャンル、いわゆる「ハードボイルド」の定型――女性からの依頼を受けた行動派の私立探偵が親族や関係者にあたりながら真相へと迫っていく――が用いられている点もユニークである。また、ハードボイルドでは探偵がひと一倍タフで揺るがない硬い殻に蔽《おお》われた存在であるのに対し、本作では探偵役の悠紀ではなく、調査対象である志史が誰よりも硬い殻をまとい、本心を覗かせない人物として描かれているのも興味深い。加えて、悠紀には終わりのない後悔を引きずり続ける苦い過去があり、それが伯母からの依頼を越えて、なお頑《かたく》なに調査を続ける強い動機になっている点も見逃せないポイントだ。

こうした従来型のフォーマットや既存のアイデアを新鮮な形で使いこなすのも、著者の大きな美点といえる。悠紀が足を使ってひとを訪ね、調べを進めていくなかで次第に見えてくるのは、志史が少年のときから耐え続けてきた、両親の問題に起因する愛も逃げ場もない氷のような孤独。そして〝僕ら〟を取り巻く無情な大人たちの世界に打ち勝つため考え抜いた、極めて慎重にして遠大な計画である。ここで扱われているアイデア自体は、ミステリの歴史において何度も使われてきたものだが、重い罪を犯してでもその一手にすべてを賭けた覚悟も含め、これほど胸に迫る効果的な使われ方はなかっただろう。微《かす》かな、本当に微かな光を信じて、未来を摑むために指折り数えて過ごした長い時間と想像を絶する忍耐を思うと、心を揺さぶられずにはいられない。しかもその過程で〝僕ら〟は、他者の救済という困難なミッションにまで取り組んでいるのだ。
これほどまでにエモーショナルで高い完成度を誇る本作だが、鮎川哲也賞では優秀賞——つまり次点という評価に落ち着いたことを不思議に思う読者もいるかもしれない。
当時の選考委員を務めた作家三氏の選評を抜粋すると、
「湿り気を帯びた耽美な物語。（略）小説としては、とてもよくできていると思います。タイトルセンスも素敵です」（加納朋子）
「長いスパンの物語なのに、リーダビリティの高さはトップでしょう。文章にすぐれ、構成が吟味されています。よく練ってある！」（辻真先）
「この作者の描く人物や世界には独特の妖しい魅力がある。ミステリの新たなフィールドを切り開く可能性を持つ作品」（東川篤哉）
斯様《かよう》に称賛の声が上がっている。
ではなぜ——という話だが、一番の理由は、鮎川賞がトリックや謎解きを主眼とし、且《か》つ真相に至る手掛かりをフェアに提示することを重んじる「本格ミステリ」を高く評価する新人賞だからだ。本作は、その物差しで測るには正直、規格外といわざるを得ない。とはいえ、そうした事情を否定的に捉える必要はない。なぜならそれは、鮎川賞は優れた作品ならば単にカテゴリーエラーとして排除せず、優秀賞という形で掬《すく》い上げるだけの確かな評価の眼と懐《ふところ》の深さがあることの証左であり、本作がいわゆる本格の枠には収まらなくとも、選者たちを唸らせ、優秀賞を見事勝ち取った稀有《けう》な傑作であったということなのだから。

もうひとつ、単行本に目を通したのち、このたびの文庫版で再読して、終盤のある変更点に気付くひともいると思うので、そこにも触れておくとしよう。

『風よ僕らの前髪を』というタイトルは、作中のある人物が詠んだ短歌のひとつから採られている。振り返れば物語の出だしも新年の歌会であったように、本作において短歌はとても大きな役割を与えられている。文庫化にあたって、そうした物語ならではの新たな趣向が書き加えられ、より胸に迫る形にバージョンアップされていることを記しておきたい。

それにしても、ラスト直前の悠紀と志史が言葉を交わす場面は、何度読み返しても目頭《めがしら》が熱くなり、頬を濡らしてしまう。手を差し伸ばすことができなかった後悔よりも、手を差し伸ばそうとする思いやりこそ持ち続けるべきだ。糾弾ではなく、ともに祈らずにはいられないような人間の罪もある。そう教えてくれるのだ。

弥生小夜子は本作でのデビュー後、文庫化されるまでの間に短編をひとつ、そして書き下ろし長編を一冊上梓している。

「曼珠沙華忌《まんじゅしゃげき》」（紙魚の手帖 vol.02　二〇二一年十二月号掲載）は、悠紀が働いていた探偵事務所の所長――松枝透子《まつがえとうこ》の学生時代のエピソードだ。八年前、寺の住職が義妹を手に掛け、燃やしたという容疑で逮捕された事件。一面の曼珠沙華のなかに鎖骨から上を残して黒焦げになった死体の様子は、寺に古くから伝わる鬼の掛け軸の絵とどこか重なり、透子は興味を抱く。現地で透子が進める聞き取りから浮かび上がる計り知れない人間の情念、曼珠沙華と鬼の幻想的なイメージ、匂い立つ妖艶で凄惨なトーンが重なり合う、独特な美しさが忘れがたい一編だ。

『蝶の墓標』（二〇二三年）は、シングルマザーの塾講師――八木里花《やぎりか》に降って湧いた遺産相続の話が発端となる書き下ろし長編。父親の再婚相手の女性が残した遺言状によると、全財産の相続には条件があり、そのひとつが異母姉――夏野《かや》が命を絶った〈N高原高校生四人心中事件〉を調べ直すことだった。

半身を蘇芳《すおう》色の痣に覆われ、心臓に病を抱えていた夏野。彼女と高校で再会し、親しくなる瑞葉《みずは》。ふたりが小学生時代のある少年の自殺を調べていた流れから、いかにして心中事件という悲しい結末へと至ってしまうのか。予想を裏切る展開に目を見張ること請け合いだ。

ここまでの活動を俯瞰《ふかん》してみると、複雑な家族関係、耽美と残酷、傷や痣のある人物など、物語の端々に横溝正史《よこみぞせいし》作品を想起させる要素が見受けられる。鮎川賞優秀賞受賞時の「受賞のことば」によれば、弥生小夜子というペンネームは『病院坂の首縊《くびく》りの家』に登場する極めて重要な人物――法眼弥生《ほうげんやよい》から採ったものだという。清濁《せいだく》あわせ持つ人間をどう描き、鮮烈なミステリを生み出してくれるのか、大きな活躍を期待したい。

本書は二〇二一年に小社より刊行したものの文庫化です。

著者紹介　1972年神奈川県生まれ。白百合女子大学卒。『風よ僕らの前髪を』で第30回鮎川哲也賞優秀賞を受賞しデビュー。他の著作に『蝶の墓標』がある。

検印
廃止

風よ僕らの前髪を

2024年5月17日　初版

著者　弥《や》生《よい》小《さ》夜《よ》子《こ》

発行所　(株)東京創元社
代表者　渋谷健太郎

162-0814/東京都新宿区新小川町1-5
電　話　03·3268·8231-営業部
03·3268·8204-編集部
URL　http://www.tsogen.co.jp
モリモト印刷·本間製本

乱丁・落丁本は、ご面倒ですが小社までご送付ください。送料小社負担にてお取替えいたします。

© 弥生小夜子　2021　Printed in Japan

ISBN978-4-488-44121-0　C0193

第四回鮎川哲也賞受賞作

THE FREEZING ISLAND ◆ Fumie Kondo

凍える島

近藤史恵

創元推理文庫

◆

得意客ぐるみ慰安旅行としゃれ込んだ喫茶店〈北斎屋〉
の一行は、瀬戸内海に浮かぶＳ島へ向かう。
数年前には新興宗教の聖地だった島で
真夏の一週間を過ごす八人の男女は、
波瀾含みのメンバー構成。
退屈を覚える暇もなく、事件は起こった。
硝子扉越しの密室内は無惨絵さながら、
朱に染まった死体が発見されたのだ。
やがて第二の犠牲者が……。
連絡と交通の手段を絶たれた島に、
いったい何が起こったか？
孤島テーマをモダンに演出し新境地を拓いた、
第四回鮎川哲也賞受賞作。

ふたりの少女の、壮絶な《闘い》の記録

An Unsuitable Job for a Girl◆Kazuki Sakuraba

少女には向かない職業

桜庭一樹

創元推理文庫

◆

中学二年生の一年間で、あたし、大西葵十三歳は、
人をふたり殺した。

……あたしはもうだめ。
ぜんぜんだめ。
少女の魂は殺人に向かない。
誰か最初にそう教えてくれたらよかったのに。
だけどあの夏はたまたま、あたしの近くにいたのは、
あいつだけだったから――。

これは、ふたりの少女の凄絶な《闘い》の記録。
『赤朽葉家の伝説』の俊英が、過酷な運命に翻弄される
少女の姿を鮮烈に描いて話題を呼んだ傑作。

異なる時代、異なる場所を舞台に生きる少女を巡る五つの謎

LES FILLES DANS LE JARDIN AUBLANC

オーブランの少女

深緑野分

創元推理文庫

◆

美しい庭園オーブランの管理人姉妹が相次いで死んだ。
姉は謎の老婆に殺され、妹は首を吊ってその後を追った。
妹の遺した日記に綴られていたのは、
オーブランが秘める恐るべき過去だった――
楽園崩壊にまつわる驚愕の真相を描いた
第七回ミステリーズ！新人賞佳作入選作ほか、
昭和初期の女学生たちに兆した淡い想いの
意外な顛末を綴る「片想い」など、
少女を巡る五つの謎を収めた、
全読書人を驚嘆させるデビュー短編集。

収録作品=オーブランの少女，仮面，大雨とトマト，
片思い，氷の皇国

もうひとつの『レベッカ』

MY COUSIN RACHEL◆Daphne du Maurier

レイチェル

ダフネ・デュ・モーリア
務台夏子 訳 創元推理文庫

◆

従兄アンブローズ――両親を亡くしたわたしにとって、彼は父でもあり兄でもある、いやそれ以上の存在だった。

彼がフィレンツェで結婚したと聞いたとき、わたしは孤独を感じた。

そして急逝したときには、妻となったレイチェルを、顔も知らぬまま恨んだ。

が、彼女がコーンウォールを訪れたとき、わたしはその美しさに心を奪われる。

二十五歳になり財産を相続したら、彼女を妻に迎えよう。

しかし、遺されたアンブローズの手紙が想いに影を落とす。

彼は殺されたのか？　レイチェルの結婚は財産目当てか？

せめぎあう愛と疑惑のなか、わたしが選んだ答えは……。

もうひとつの『レベッカ』として世評高い傑作。

東京創元社が贈る総合文芸誌！

紙魚の手帖 SHIMINO TECHO

国内外のミステリ、SF、ファンタジイ、ホラー、一般文芸と、
オールジャンルの注目作を随時掲載！
その他、書評やコラムなど充実した内容でお届けいたします。
詳細は東京創元社ホームページ
（http://www.tsogen.co.jp/）をご覧ください。

隔月刊／偶数月12日頃刊行

A5判並製（書籍扱い）